김재황 시조집

나무 천연기념물 탐방

2014

신세림출판사

시조집

나무 천연기념물 탐방

김 재 황

책 머리에

　이 세상에서 나무를 만나면 절로 고개를 숙이게 된다. 나무만큼 고마운 존재가 어디 또 있겠는가. 나무가 있음으로써 산은 녹색 옷을 입는다. 그뿐만 아니라 온갖 새들이 그 나뭇가지에 깃든다. 나무는 그 새들에게 말없이 자기가 땀 흘려서 만든 열매를 모두 내준다. 어디 새들뿐이겠는가. 산에 터를 잡고 사는 여러 동물이 그 열매로 목숨을 잇는다.

　게다가 나무들이 있기 때문에 우리는 신선한 공기를 마실 수 있다. 모든 동물도 그렇다. 그러니 이 두 가지만을 생각하더라도 나무의 존재는 절대적이다.

　더욱이 나이 많은 나무를 만나면 그 앞에서 스스로 옷깃을 여미게 된다. 그런 나무는 하늘과 소통하는 것 같다. 어쩌면 나무가 저 하늘과 이 땅을 연결하는 유일한 통로가 아닐까 한다.

　대학 동창 세 사람이 칠순을 넘기고 다시 만났다. 나는 그 두 사람에게, 그냥 만나서 술이나 마시지 말고 무엇이든지 뜻있는 일을 하자

고 말했다. 두 사람은 나에게, 무슨 좋은 방법이 없겠느냐고 물었다. 나는 조심스럽게 우리나라 전역에 흩어져 있는 천연기념물 나무들을 만나러 다니자고 제의했다. 내 말에 두 사람은 쾌히 찬성했다. 그래서 전격적으로 천연기념물 나무 탐방이 이루어졌다. 어려운 일이었다. 그래도 제20차의 탐방을 끝냈으니 만족이다. 더 계속하고 싶은 마음도 있었으나, 이쯤에서 접기로 했다. 모두가 노인이라 타지에서 탈이 나지 않을까 염려되었다. 과욕은 안 된다.

다행히 그동안에 만나 본 천연기념물(후보 나무 포함)이 자그마치 70군데가 넘는다. 이만하면 큰 성과가 아닐 수 없다. 이를 이제 한 권의 책으로 묶으려니 감회가 크다. 이 책이 세상으로 나가서 천연기념물의 소중함을 널리 알릴 수 있기를 바란다.

2014년 가을에 김 재 황

차 례

나무 천연기념물 탐방

차 례

나무 천연기념물 탐방

차 례

제1차

서울 조계사 백송

차 소리 달려들고 불빛 마냥 깜박여도
가다듬은 옷깃이야 무명보다 더 흴 것을
그 가슴 다시 비우고 하늘 밖에 기댄다.

경 소리 남아 있고 향불 연기 사라지면
걸어가는 맨발 위에 포개지는 달빛 자락
그 마음 더욱 하얗게 구름 꿈을 닮는다.

서울 조계사 백송
천연기념물 제9호
2012년 1월 14일 사진촬영

제1차

서울 재동 백송

언제나 그랬듯이 그 몸뚱이 깨끗하고
누가 봐도 가난하게 조용한 터 잡았으니
무엇을 바라겠는가, 하늘 뜻을 따른다.

세 가닥 바늘잎은 옛이야기 새파란데
가는 날을 느긋하게 허리춤도 풀어 놓고
젖히듯 그 두 줄기로 '브이' 자를 그린다.

서울 재동 백송
천연기념물 제8호
2012년 1월 14일 사진촬영

제2차

서울 창덕궁 회화나무군

열린 대문 들어서면 늙은 나무 여덟 그루
마치 두 손 마주 잡고 양쪽으로 줄 서 있듯
도대체 어떤 사람을 기다리는 것이냐?

감아 놓은 세월처럼 마른 이끼 짙게 끼고
힘이 좋던 몸뚱이들 허물어져 버린 지금,
나밖에 누가 또 있나? 위로의 말 보내는 이.

서울 창덕궁 회화나무군
천연기념물 472호
2012년 2월 11일 사진촬영

제2차

서울 창덕궁 향나무

왕의 그림자 모시고 하늘 앞에 엎드리면
맨몸 사른 그 아픔이 나라 마음 닦았는데
여태껏 용틀임으로 긴 세월을 낚고 있다.

난데없는 큰바람에 비록 윗동 꺾였으나
구름 잃은 용 한 마리 웅크리고 숨은 모습
울음을 머금은 채로 깊은 잠에 빠져 있다.

서울 창덕궁 향나무
천연기념물 제194호
2012년 2월 11일 사진촬영

제2차

서울 선농단 향나무

나라님이 직접 와서 풍년을 기원하던 곳
그 남서쪽 모퉁이에 보란 듯이 서 있으니
제사가 시작될 때엔 매운 연기 짙었겠다.

내어 걸은 가마솥엔 설렁탕이 펄펄 끓고
한 말들이 막걸리에 뿌리 끝이 젖던 얘기
문인석 그 앞에 서서 어제인 듯 되뇐다.

서울 선농단 향나무
천연기념물 제240호
2012년 2월 11일 사진촬영

서울 창덕궁 뽕나무

가냘프고 고운 손길 그 가지에 스칠 때면
잎사귀야 따든 말든 하늘 밖이 멀리 뵈고
누에가 고치를 치듯 긴긴 밤을 서렸으리.

비록 세월 흘러 와서 늙은 몸이 되었지만
나라에서 손을 꼽는 어른 모습 잃지 않고
담 너머 눈길을 주니 비단 같은 마음이리.

서울 창덕궁 뽕나무
천연기념물 제471호
2012년 2월 12일 지목 이정민 촬영

강화 갑곶리 탱자나무

언제 검은 그림자가 다시 이곳을 넘볼지
푸른 가시 내밀고서 비탈길을 지킨 세월
아무리 깊은 밤에도 잠이 들지 못한다.

지금 정자 지붕에는 누가 꿈을 이끄는지
간지러운 물빛 숨결 그 가지에 감기는데
끝끝내 추운 어둠을 맺고 풀지 못한다.

강화 갑곶리 탱자나무
천연기념물 제78호
2012년 3월 3일 사진촬영

제3차

강화 사기리 탱자나무

무엇이 그리 바쁜지 잊고 지낸 옛 메아리
낮은 들에 안개처럼 넓게 힘없이 깔릴 때
너 혼자 우뚝한 채로 거센 외침 머금는다.

옳지 못한 일들이야 그대로 못 넘기는 듯
보이는 것 모두 콕콕 깨는 아픔을 주느니
너 하나 있음으로써 온 나라가 눈을 뜬다.

강화 사기리 탱자나무
천연기념물 제79호
2012년 3월 3일 사진촬영

제4차

일산 송포 백송

무덤을 곁에 두니 삶이 오히려 푸른지
장군 손에 이끌려서 더욱 기개 지녔는지
이 땅을 딛고 선 모습 먼 세월도 누른다.

아이들 아직 어린 조잘거림 듣고 살면
하늘까지 한 가슴에 껴안을 수 있다는 듯
그 팔을 넓게 벌리고 모든 바람 맞는다.

일산 송포 백송
천연기념물 제60호
2012년 4월 7일 사진촬영

제4차

파주 적성 물푸레나무

아직은 가는 길이 열려 있지 아니하고
많은 산이 둘러싸서 아늑하게 놓인 자리
수작골 접힌 자락에 네 숨결이 머무네.

지금은 초봄이라 잎이 피지 않았기에
벌거벗은 네 몸뚱이 바로 볼 수 있었으니
그 모두 우리 인연이 각별하기 때문이네.

파주 적성 물푸레나무
천연기념물 제286호
2012년 4월 7일 사진촬영

제5차

서울 신림동 굴참나무

좁아진 하늘만큼 오늘 더욱 젖는 가슴
기지개를 크게 켜니 숨결 소리 들려오고
연초록 고운 잎들이 흐르는 말 보탠다.

아파트 불빛 따라 밤은 한층 짧아지고
낮은 자리 딛고 서니 멀어지는 바람 소리
봄이야 이미 왔어도 옅은 꿈만 집힌다.

서울 신림동 굴참나무
천연기념물 제271호
2012년 4월 21일 사진촬영

제6차

서울 문묘 은행나무

마땅히 가슴 여미고 숨 고르며 들어갈 때
뒤통수를 쓰다듬는 알 수 없게 묘한 기운
두 마디 귀한 말씀이 자리 잡고 서 있다.

'어짊'을 꼭 간직하고 '옳음'으로 나아가라
사방으로 뻗은 가지 그 잎마다 푸른 글씨
이 봄에 다시 눈뜨고 젊은 넋들 일깨운다.

서울 문묘 은행나무
천연기념물 제59호
2012년 5월 12일 사진 촬영

제6차

인천 신현동 회화나무

조그만 공원 안에 아주 살짝 들어서서
노는 아이들 모습을 웃음 가득 지켜보는
커다란 어르신 한 분 감히 내가 만난다.

'가볍게 뛰어놀고 깊숙하게 공부하기'
도포 입고 갓도 쓰고 이르시는 그분 말씀
그늘진 정자 아래서 내가 지금 듣는다.

인천 신현동 회화나무
천연기념물 제315호
2012년 5월 12일 사진촬영

제6차

인천 장수동 은행나무

노랫소리 들려오고 사람들은 몰려가고
무슨 잔치 벌어졌나, 나도 뒤를 따라가니
커다란 은행나무가 큰 가슴을 열고 있다.

자그마치 먹은 나이 팔백여 살 된다는데
높이 또한 삼십 미터 까마득히 올려 뵈고
사람들 그 품에 안겨, 고된 일상 잊는다.

인천 장수동 은행나무
인천광역시 기념물 제12호(천연기념물 강력 추천)
2012년 5월 12일 촬영

제7차

속초 설악동 소나무

열리는 골짜기 길목 짙은 안개 내려앉고
오가는 사람들 없이 깊은 고요 가득한데
점잖게 헛기침 한 번 크게 하고 날 본다.

제법 더위 높을수록 긴 그림자 끌리지만
느린 바람 다가오면 먼 추억에 젖어들고
나직이 혼잣말 몇 번 털고 나서 맘 연다.

속초 설악동 소나무
천연기념물 제351호
2012년 9월 9일 촬영

제7차

속초 설악산 천연보호구역

우거진 나무들은 입 무겁게 길을 가고
숨결 트며 엎드리는 바위 갖가지 생김새
묻어 둔 이야기들이 파릇파릇 돋는다.

숲으로 들어가면 긴 발자국 찍혀 있고
숨었다가 일어서서 흰 꽃 피운 그 숨결들
날개 단 목숨까지도 둥그렇게 손잡는다.

속초 설악산 천연보호구역
천연기념물 제171호
2012년 8월 10일 촬영

제8차

양평 용문사 은행나무

산사를 뒤에 두고 산기슭에 우뚝 서서
긴 세월 부는 바람 큰 가슴에 안고 있다.
비움이 무엇인가를 물소리로 깨달은 듯.

마음눈 넓게 뜨고 명상 속에 잠기다가
저 범종 울릴 때면 그 먼 하늘 날았으리.
버리니 가벼워짐을 구름 따라 즐겼으리.

양평 용문사 은행나무
천연기념물 제30호
2012년 6월 16일 촬영

제9차

김제 봉남면 왕버들

드넓은 벌판 위에 장승처럼 서는 마음
철 따라 젖는 바람 열린 몸에 닿았으니
사람들 온갖 짓거리 이미 알고 있겠다.

조그만 물소리도 하나하나 꿰고 나면
밤하늘 저 달까지 이야기 벗 되는 것을
사람들 시린 하소연 그냥 들어 주겠다.

김제 봉남면 왕버들
천연기념물 제296호
2012년 7월 7일 촬영

제9차

김제 봉남면 느티나무

마을의 지킴이로 긴 세월을 살았으니
힘든 삶 이야기들 오죽 많이 들었을까
그렇게 썩은 가슴에 돌 하나가 생겼으리.

널따란 그늘 펴고 사람들을 끌었으니
뜨는 달 웃음빛에 어찌 소원 없었을까
그래서 동아줄 묶고 모두 손을 모았으리.

김제 봉남면 느티나무
천연기념물 제280호
2012년 7월 7일 촬영

제9차

김제 망해사 팽나무

갯벌을 만지듯이 앉아 있는 절이 한 채
그 낙서전 안뜰에서 한 쌍 인연 맺었는데
밤낮을 나눈 이야기 이리 끝이 없는가.

스님은 염불 외고 두 나무는 손을 잡고
멀고 긴 길 걸을수록 넓고 깊게 이룬 믿음
서로를 아끼는 마음 아직 탑을 쌓는가.

김제 망해사 팽나무
도지정 기념물 제114호(추천)
2012년 7월 7일 촬영

제10차

이천 도립리 반룡송

소처럼 우직하게 살 거라고 여겼는데
네활개를 펼쳤으니 하늘로 곧 가려는지
당장에 꿈틀거릴 듯 깊게 숨을 쉬었네.

이 세상 어디엔들 편히 쉴 곳 있을까만
동서남북 툭 터지고 그 밭 시름 즐비하니
한 마디 울부짖음을 지닌 것도 같았네.

이천 도립리 반룡송
천연기념물 제381호
2012년 7월 28일 촬영

제10차

이천 신대리 백송

작은 언덕 오르다가 쉬고 있는 걸음이여
외진 땅에 홀로 와서 하루 내내 외롭겠다,
축 처진 나뭇가지가 네 마음을 알린다.

거센 바람 불어오면 엎드릴 수는 있겠다,
오고 가는 사람 드문 좁게 열린 골목이여
높직한 그 피뢰침이 우리 뜻을 전한다.

이천 신대리 백송
천연기념물 제253호
2012년 7월 28일 촬영

제11차

함평 기각리 붉가시나무

추위를 천성으로 싫어하는 나무인데
북으로 조심조심 가장 멀리 올라왔네,
이제는 견딜 만한지 가지런한 숨소리.

바다를 좋아해서 섬마을을 떠올리고
하나로 맞댄 가슴 먼 사랑을 부르더니
청 고깔 고운 열매를 꿈속에서 빚는다.

함평 기각리 붉가시나무
천연기념물 제110호
2012년 8월 18일 촬영

제11차

함평 대동면 줄나무

해풍을 막아내랴 불의 기운에 맞서랴
'팽나무' '개서어나무' '느티나무' 몇 그루씩
향교 앞 열린 길가에 기다랗게 줄 섰다.

말없이 베푸는 일 나타내는 그 나무들
'푸조나무' '회화나무' '곰솔'까지 한 그루씩
빠지면 안 된다는 듯 손을 함께 잡았다.

함평 대동면 줄나무
천연기념물 108호
2012년 8월 18일 촬영

제11차

함평 손불면 이팝나무

달뜨는 한밤중에 둘이 몰래 만난 다음
긴 손가락 마주 걸고 천 년 가약 맺었는지
동산에 두 그림자가 서로 몸을 껴안았네.

허기에 시달리던 조금 멀리 지난 봄날
어찌 그리 곰살갑게 웃음꽃을 피웠는지
지금도 그늘 바닥에 배부른 꿈 널려 있네.

함평 손불면 이팝나무
천연기념물 강력 추천(시도기념물 제117호)
2012년 8월 18일 촬영

제12차

고창 삼인리 송악

뜨거운 숨소리가 다시 내 귀를 당기는
낭떠러지 바위벽을 타고 오른 모습이여
삶이란 오직 한 가지 나아감에 뜻이 있네.

아무리 힘들어도 한 번 잡으면 못 놓는
손과 가슴 얽어매듯 뻗어 나간 그물이여
세월도 걸음 멈추고 네 앞에서 넋을 잃네.

고창 삼인리 송악
천연기념물 제367호
2012년 9월 8일 촬영

제12차

고창 삼인리 장사송

가슴에 신바람을 지니고 산다는 걸
누구나 너를 보면 단박에 느끼겠다,
부챗살 활짝 펴듯이 돌려세운 가지들.

과거를 알아야만 미래도 안다는 걸
네 주위 둘러보면 한눈에 깨닫겠다,
가까이 동굴 하나가 소곤대는 얘기들.

고창 삼인리 장사송
천연기념물 제354호
2012년 9월 8일 촬영

제12차

고창 삼인리 동백나무 숲

서로 몸을 의지해서 겨울바람 막아내고
새봄이면 어김없이 붉은 꽃들 피워내는
묵묵히 푸른 참을성 굳게 안고 사느니.

가문 날이 계속되면 가지들이 우거져서
혹시 산불 일어날까 뜬눈으로 지새우는
찬찬히 깊은 믿음성 잃지 않고 사느니.

고창 삼인리 동백나무 숲
천연기념물 제184호
2012년 9월 8일 촬영

고창 수동리 팽나무

남쪽 섬 바닷가에 팔 벌리고 사는 나무
꽤 알려진 별명까지 기세 좋게 '포구나무'
그런데 너는 왜 그리 언덕 위에 있느냐?

알고 보면 낮은 곳은 그 모두가 간척지로
예전에는 턱밑까지 바닷물이 들었다니
너 또한 네 몫 했음을 말 안 해도 알겠다.

고창 수동리 팽나무
천연기념물 제494호
2012년 9월 8일 촬영

제12차

고창 교촌리 멀구슬나무

서귀포 살 때에 벗한 네 살붙이 생각하니
나도 모르게 눈시울 젖어들고 마는구나
여름내 말매미들이 그 몸 잡고 울던 울음.

무엇 때문에 이렇게 넌 북상을 하였는가
게다가 군청 마당에 자리를 잡고 사는가
어쩌면 하소연할 게 있는지도 모르는 일.

고창 교촌리 멀구슬나무
천연기념물 제503호
2012년 9월 9일 촬영

제12차

고창 중산리 이팝나무

꽃이 쌀밥을 수북이 담은 듯이 피어나면
그해 농사는 풍년을 꼭 이루게 된다는데
한여름 거센 바람에 그만 넋을 놓았다.

쓰러지지 않은 것만 다행으로 여길 건가
추레해진 차림새로 멍하니 먼 하늘 보는
그 얼굴 마주하자니 나도 마음 쓰리다.

고창 중산리 이팝나무
천연기념물 제183호
2012년 9월 9일 촬영

제12차

고창 문수사 단풍나무 숲

청량산 중턱까지 진을 친 오백여 그루
무리를 이끄는 듯 앞장서는 노거수들
둥둥둥 먼 북소리가 이명으로 들려온다.

하늘이 높아지고 시린 바람 불어오면
비로소 그때에야 이 싸움은 끝날 텐데
단풍의 물든 아픔은 목탁으로 달랠지.

고창 문수사 단풍나무 숲
천연기념물 제463호
2012년 9월 9일 촬영

제12차

고창 산수리 소나무

살기 좋은 방축마을 나와 서서 자랑하는
그 손짓 못 뿌리치고 그 앞으로 다가가니
할머니 여윈 몸으로 내 맘 와락 잡는다.

차도 뜸하게 지나고 행인조차 드문 길가
바람 불면 쓰러질 듯 반쯤 기운 몸이지만
할머니 높은 나이로 마을 홍보 나섰다.

고창 산수리 소나무
고창군 보호수 9-14-8-1(천연기념물 추천)
2012년 9월 9일 촬영

제12차

고창 상평리 느티나무

삼백 살 가까운 나이 그냥 먹지 않았을 터
우람한 줄기를 보면 기가 팍 질리게 될 뿐
때마다 막걸리 몇 말 대접 받고 살았겠다.

너무 오래 살다 보면 이런 일도 다 있는지
며칠 전 거센 태풍에 큰 가지 뚝 꺾였으니
그 상처 아물기까지 오랜 세월 걸리겠다.

고창 상평리 느티나무
고창군 보호수 9-14-2-2(천연기념물 추천)
2012년 9월 9일 촬영

제13차

예천 금남리 황목근

토지를 지닌 나무 여기에 살고 있느니
땅세를 거두어서 마을 잔치 벌인 다음
가난한 학생들에게 장학금도 준다네.

새해가 환히 밝고 둥근 달이 떠오르면
온 마을 사람들이 두 손 모아 기원하니
베풀며 살아가기도 마음먹기 달렸네.

예천 금남리 황목근
천연기념물 제400호
2012년 10월 27일 촬영

제13차

예천 상금곡리 송림

한 떼로 늘어서서 머나먼 길 가고 있는
우리 심성 그대로의 바늘잎 지닌 나무들
눈보라 마구 때려도 벗어나지 않으리.

힘 실린 구령 소리 찬 하늘에 흩어지고
저벅저벅 군화 기척 깊은 땅에 스몄지만
금당실 지키는 꿈이 강물보다 푸르리.

예천 상금곡리 송림
천연기념물 제469호
2012년 10월 28일 촬영

제13차

예천 감천면 석송령

두 팔을 좌우 나란히 널찍하게 벌리고서
참 기나긴 세월 동안 제자리를 지켜 섰네,
나무도 땅을 지녀야 살아갈 수 있다는 듯.

이 세상에 마땅한 일 그게 어찌 한둘인가
자란 만큼 느긋하고 지닌 대로 베푸느니
누구냐, 그 앞에 서서 부끄럽지 않은 이는.

예천 감천면 석송령
천연기념물 제294호
2012년 10월 28일 촬영

제13차

예천 사부리 소나무

나지막한 언덕 위에 아늑하게 자리 잡고
직각으로 뻗어 올린 그 가지들 기운찬데
가쁘게 지나온 길을 실눈 뜨고 바라본다.

산 위에서 굽어보면 낙하산을 펼친 듯이
바람 감싸 얹었는지 파릇파릇 전설 하나
하늘과 대화 나누며 신선처럼 살고 있다.

예천 사부리 소나무
천연기념물 추천(경북 기념물 제111호)
2012년 10월 28일 촬영

제13차

예천 삼강리 회화나무

낙동강을 곁에 두고 오랜 꿈에 젖노라면
저절로 익는 술내에 잠을 자꾸 비척대고
달 오른 한밤중마다 갈증 더욱 심했겠다.

그 옆으로 초가마저 깔고 앉은 그늘이여
지금 여기 나룻배나 뱃사공은 안 보이고
뒤늦게 내가 나서서 짐꾼 흉내 내보았다.

예천 삼강리 회화나무
천연기념물 추천(보호수 11-27-12-23)
2012년 10월 27일 촬영

제14차

천안 양평리 향나무

비 오면 냇물 소리 더욱 가깝게 흐르고
바람 불면 아기 사랑 오직 멀게 흔들릴까,
보란 듯 도톰한 가슴 자랑스레 내민다.

누가 보든지 말든지 정성으로 가는 그 길
늘인 세월 다 보태도 전혀 길지 않겠구나,
네 이름 부를 때마다 짙은 향기 날린다.

천안 양평리 향나무
천연기념물 제427호
2012년 11월 25일 촬영

제14차

천안 광덕사 호두나무

옛 시대로 거슬러서 중국 원나라 이야기
꼭꼭 짚어 물으려고 오늘 바삐 찾았건만
가지들 뭉뚝 잘린 채, 내 눈앞에 나서네.

귀 따갑게 들려 왔을 염불이며 목탁 소리
어찌 마음 못 비우고 그리 속을 썩였는지
그대는 두 눈 감은 채, 아무 말이 없구나.

천안 광덕사 호두나무
천연기념물 제398호
2012년 11월 25일 촬영

제14차

천안 광덕사 입구 느티나무

아무 걱정 없겠구나, 일거리를 찾았으니
온종일을 문지기로 떡 버티고 서 있으면
누구도 네 앞을 감히 그냥 가지 못하리.

제 세상을 만났구나, 가지들을 쫙 폈으니
거센 바람 몰릴 때면 마음 먼저 막아서고
한밤에 흰 달 웃어도 절을 굳게 지키리.

천안 광덕사 입구 느티나무
천안시 보호수 제8-17-342호
2012년 11월 25일 촬영

제14차

천안 송정리 버드나무

차들이 오가는 소리 곁에 두고 사노라면
짜증스런 하루하루 견디기 어려울 텐데
어떻게 멋진 모습을 지닐 수가 있었을까?

아마도 고운 앞산이 이따금 일렀을 거야
소리, 한 귀에 들리면 다른 귀로 흘리라고
그래서 마음 편하게 어깨춤을 벌일 거야.

천안 송정리 버드나무
천안시 보호수 후보(천연기념물 추천)
2012년 11월 25일 촬영

제15차

부안 중계리 미선나무 군락

삐악삐악 지저귀던 꽃들이야 벌써 지고
둥근 날개 타고 놀던 바람 또한 떠났으니
도대체 나는 어디에 눈 맞추란 말이냐.

새근새근 꿈길 가는 숨소리들 멀고먼데
낮게 흐른 강물 위에 떠서 오는 이야기들
무작정 어찌하려고 이 겨울에 왔는지.

부안 중계리 미선나무 군락
천연기념물 제370호
2012년 12월 15일 촬영

제15차

부안 격포리 후박나무 군락

오늘도 저 바다를 바라보고 서 있으니
넓게 펼친 가슴마다 밝게 해가 높이 뜨리.
밀려온 파도소리에 더욱 눈을 크게 뜨리.

이 밤도 찬바람을 가로막고 설 터이니
이웃 사랑 마음마저 푸른 물이 짙게 들까.
저 바다 펼쳐진 만큼 넓고 큰 뜻 지닐까.

부안 격포리 후박나무 군락
천연기념물 제123호
2012년 12월 15일 촬영

제15차

부안 도청리 호랑가시나무 군락

하늘로 열린 잎에 억센 가시 세우고서
덤빌 테면 덤벼 봐라, 두려울 것 하나 없다
하늘이 들썩이도록 초록 빛깔 보이느니.

비탈진 바닷가에 한 무리로 모여 서서
추울 테면 추워 봐라, 몸을 떨진 않을 테다
바다가 철썩이도록 소리 없이 외치느니.

부안 도청리 호랑가시나무 군락
천연기념물 제122호
2012년 12월 16일 촬영

제15차

부안 모항 소나무 군락

그 앞에 해변에는 모래밭이 열렸는데
외다리로 땅을 딛고 곡선미를 그려 보면
가냘픈 가요 한 가락 들릴 듯도 싶구나.

그 좋은 해수욕장 뛰어들지 않더라도
신바람을 입에 물고 실눈으로 다시 보면
흔드는 소매 한 자락 보일 듯도 싶구나.

부안 모항 소나무 군락
천연기념물 미래후보. 군 기념물 미지정(천연기념물 추천)
2012년 12월 16일 촬영

제16차

양주 양지리 향나무

우리가 들어서니 동네 개들 모두 짖고
심지어 칠면조도 깃을 뻗고 호통인데
가까이 누가 오든지 너는 꿈에 잠겼네.

사람은 기껏해야 일백 년이 고작인데
무덤 옆 너는 어찌 오백 년도 거뜬한가,
가지들 널찍이 펴고 온 세상을 안았네.

양주 양지리 향나무
천연기념물 제232호
2013년 1월 27일 촬영

양주 황방리 느티나무

그늘을 드리우던 잎을 모두 벗었으니
푸르던 네 모습을 그냥 그려 볼 수밖에
살며시 눈을 감으면 긴 강물이 흐른다.

아직도 가지에는 파란 길이 뻗었으니
마음을 넓게 펴면 봄이 서둘러 올 텐데
너에게 안부만 묻고 바람 소리 듣는다.

양주 황방리 느티나무
천연기념물 제278호
2013년 1월 27일 촬영

제16차

포천 직두리 부부송

둘이서 이 겨울에 또 어디를 지나는지
아무런 말도 없이 먼 곳으로 흐르는지
몸이야 여기 있어도 마음 이미 떠났네.

언제나 그 세상은 꽃향기가 스치는 곳
즐거운 물소리가 두 마음을 적시는 곳
추워서 긴긴 꿈길을 손을 잡고 나섰네.

포천 직두리 부부송
천연기념물 제460호
2013년 1월 27일 촬영

제17차

경주 괘릉리 소나무

누구나 빈손으로 찾아가서 쉬는 자리
목소리가 크더라도 시끄럽지 않은 자리
정자목 그 이름값을 오래도록 하고 있네.

바람이 활개 치며 달려가기 마땅한 곳
멀찌감치 임금 무덤 기나긴 꿈 잠기는 곳
세월을 몸에 두르고 당집 하나 껴안는다.

경주 괘릉리 소나무
경주 기념수. 천연기념물 추천
2013년 3월 16일 촬영

경주 동부동 은행나무

물어물어 찾았더니 문이 굳게 닫혔는데
서울 손님 체면이라 담도 넘을 수 없어서
고운 임 훔쳐보듯이 발돋움을 하였네.

마당에는 두 암나무 좀 떨어져 서 있는데
어떤 놀이 하고 있나 널뛰기나 하고 놀지
멋쩍게 나그네 마음 아는 체도 안 하네.

경주 동부동 은행나무
경상북도 보물 제66호
2013년 3월 16일 촬영

제17차

경주 오류리 등나무

조금만 참았다가 왔더라면 좋았을 걸
돋은 잎이 우거지면 물소리도 들릴 것을
휑하니 신라 하늘이 가지 새를 누빈다.

듬직한 팽나무를 감고 올라 즐거운가,
봄소식이 오든 말든 겉잠 속에 들었으니
섣불리 슬픈 전설을 깨우지는 마시게.

경주 오류리 등나무
천연기념물 제89호
2013년 3월 16일 촬영

제17차

경주 월성 육통리 회화나무

바람 소리 아니 나도 빈 가지는 흔들리고
산뻐꾸기 안 울어도 아들 마음 담긴 마을
팔 벌린 나무 그림자 온밤 내내 새웠겠다.

온다 하던 봄비 대신 햇살 가득 쏟아지고
고요 홀로 인사하는 세월 멈춘 그 한복판
흰 깃만 나무 기둥에 오늘 밤도 둘리겠다.

경주 월성 육통리 회화나무
천연기념물 제318호
2013년 3월 16일 촬영

경주 양동리 서백당 향나무

느긋하게 길을 따라 안쪽으로 들어가니
참으려고 글 썼다는 손 씨 종택 나타나고
그 뜰에 푸른 자태로 지난 소사 읊는다.

어린아이 걸음같이 작은 냇물 흐르는데
조상에게 욕됨 없이 이 씨 종택 마주하고
참 짙게 그림자 끌며 옛 생각에 잠긴다.

경주 양동리 서백당 향나무
경상북도지정문화재 제8호(천연기념물 추천)
2013년 3월 16일 촬영

제17차

경주 독락당 중국주엽나무

새 단장에 어수선한 옥산서원 안채 뒤뜰
깊디깊은 중국 하늘 바라보는 나무 하나
아직은 나목인 채로 그리운 맘 펼쳤네.

사람 사는 곳이라면 아픈 이가 있기 마련
가시 지닌 나무라고 어찌 베풂 없을 건가
아프게 뿌리 내리고 측은한 맘 쏟았네.

경주 독락당 중국주엽나무
천연기념물 제115호
2013년 3월 16일 촬영

제18차

괴산 오가리 느티나무

복사꽃 웃고 있는 우령마을 바른 어귀
세 그루 큰 나무가 서로 눈길 이었는데
보는 이 각기 가슴에 삼괴정을 짓는다.

비바람과 싸우느라 가지 몇 개 부러져도
그저 묵묵 바라보며 아픈 마음 감싸주며
보름달 밝게 뜰 때면 하늘 뜻을 밝혔네.

괴산 오가리 느티나무
천연기념물 제382호
2013년 4월 27일 촬영

제18차

괴산 송덕리 미선나무 자생지

자동차 바쁜 걸음 길게 뚫린 도로 가에
한 무리로 숨을 모은 우리나라 특산식물
바위들 엎딘 자리에 삶의 터를 잡았다.

이미 꽃은 지었기에 눈에 띄지는 않지만
우리 모두 못 지키면 밟혀 버릴 떨기나무
스스로 잘 살 수 있게 더운 힘을 보탠다.

괴산 송덕리 미선나무 자생지
천연기념물 제147호
2013년 4월 27일 촬영

제18차

괴산 적선리 소나무

서울로 가는 선비 지친 걸음 쉬던 고개
잘생긴 나무 하나 높은 품격 지녔는데
한 무리 양지꽃들만 오늘 나를 반기누나.

가지를 벌리고서 두 눈 질끈 감은 모습
가는 길 막아서면 긴 세월도 머무를 듯
금붓꽃 노란 웃음이 내 소매를 잡는구나.

괴산 적선리 소나무
천연기념물 제383호
2013년 4월 27일 촬영

제18차

괴산 삼송리 왕소나무

예전에는 세 그루가 벗이 되던 바로 이곳
두 나무는 먼저 가고 홀로 여길 지키더니
지난해 몹쓸 태풍에 쓰러지고 말았다.

추운 겨울 다 지나고 봄꽃 벌써 피었건만
끊어질 듯 잇고 있는 푸름 잃은 숨결이여
다시금 땅을 흔드는 활갯짓이 그립다.

괴산 삼송리 왕소나무
천연기념물 제290호
2013년 4월 27일 촬영

제18차

괴산 사담리 망개나무 자생지

어쩌다가 이런 곳에 사는 자리 잡았는가
부서진 돌 가득하고 비탈 또한 겹쳤으니—
오늘도 그 한 목숨을 지키기가 힘들다.

겨우 조금 남았으니 사라지기 바로 직전
어떻게든 힘 모아야 많이 볼 수 있을 텐데—
굳어진 그 먼 이름에 내 마음도 무겁다.

괴산 사담리 망개나무 자생지
천연기념물 제266호
2013년 4월 27일 촬영

안동 사신리 느티나무

하늘은 비단처럼 맑은 바탕 펼쳤는데
마을 앞 길가에서 손님 맞는 그대 정성
널찍한 선비의 가슴 나타내고 있구나.

바람이 흔들어도 지닌 침묵 여전하고
나이테를 두를수록 더욱 젊은 그대 마음
높직한 신목의 자리 지탱하고 있구나.

안동 사신리 느티나무
천연기념물 제275호
2013년 5월 17일 촬영

제19차

안동 주하리 뚝향나무

구름을 못 얻어서 버림받은 청룡처럼
숨소리 친친 감고 몸을 숙인 그 먼 세월
무료한 기다림으로 푸른 이끼 돋는다.

언제쯤 때가 와서 발돋움을 짓겠는가,
쪼그리고 앉았으니 깊어 가는 저림이여
과묵한 경류정으로 낡은 얘기 깃든다.

안동 주하리 뚝향나무
천연기념물 제314호
2013년 5월 17일 촬영

제19차

안동 대곡리 굴참나무

이 봄에는 소쩍새가 여기 와서 울었을까
그 옆에는 폐가 홀로 쓰러질 듯 잠이 들고
비탈에 의지한 채로 나그네를 바라본다.

비 올 때면 물소리가 제법 졸졸 났겠지만
가문 날엔 잡초 가득 제 세상을 만났을 듯
지금은 엷은 그림자 겨우 펴고 서 있다.

안동 대곡리 굴참나무
천연기념물 제288호
2013년 5월 18일 촬영

제19차

안동 송사동 소태나무

철부지 가르치는 선생님의 마음인 양
학교 건물 뒤편에서 속이 썩고 있는 나무
누군가 위로의 줄을 그 가슴에 둘렀다.

고뇌를 안았어도 아픈 표정 안 보이니
아이들이 알 리 없는 여러 삶의 깊은 쓴맛
동신목 엄한 풍모를 아직 잃지 않았다.

안동 송사동 소태나무
천연기념물 제174호
2013년 5월 18일 촬영

제19차

안동 용계리 은행나무

같은 종의 나무 중에 굵음으론 으뜸인데
하마터면 물이 차서 목숨 잃을 뻔했으나
다행히 사람들 손에 삶의 터전 올려졌다.

흐르는 물 굽어보며 푸른 역사 더듬는지
그늘에서 담론하던 나라 굳게 지키는 일
분연히 펼친 가지에 결사의 뜻 돋아났다.

안동 용계리 은행나무
천연기념물 제175호
2013년 5월 18이 촬영

제20차

청송 안덕면 향나무

그 푸름 당당하니 먼 세월이 줄어들고
향기 또한 지녔으니 온 세상을 안는구나,
나그네 빈 마음 하나 조심스레 여민다.

옛사람 한 일이야 나무 앞에 부질없고
잘났다고 하는 이도 나무 침묵 못 따르니
늙은이 시린 한숨만 소리 없이 나온다.

청송 안덕면 향나무
천연기념물 제313호
2013년 6월 22일 촬영

제20차

청송 홍원리 개오동나무

보기에 형제처럼 우애롭게 서 있는데
누군가 우스개로 말을 불쑥 꺼냈는지
한바탕 웃음꽃 가득 이 여름에 피웠네.

무슨 말 나누는지 살짝 엿듣고 싶은데
나무들 이야기는 마음으로 듣는 것을,
세 형제 가깝게 살면 웃을 일도 많겠네.

청송 홍원리 개오동나무
천연기념물 제401호
2013년 6월 22일 촬영

제20차

청송 신기동 느티나무

줄기가 썩었기에 큰 수술을 받고서도
아직은 괜찮다고 푸른 잎들 내세운다,
노익장 따로 없으니 모두 용기 얻기를!

나무나 사람이나 때가 되면 죽겠지만
쓰러질 순간까지 보란 듯이 살아간다,
본보기 여기 있으니 모든 걱정 버려라!

청송 신기동의 느티나무
천연기념물 제192호
2013년 6월 23일 촬영

제20차

청송 관동 왕버들

흐르는 물소리를 곁에 두고 사노라면
둘리는 세월 또한 시리기만 할 터인데
그 모습 뽐내는 듯이 가지들을 펼친다.

아무리 겨울밤이 춥고 길기만 하여도
소나무 있을 때엔 큰 위안이 됐겠는데
뼈 깎은 그루터기만 그 자리를 지킨다.

청송 관동 왕버들
천연기념물 제193호
2013년 6월 23일 촬영

기타

남해 창선면 왕후박나무

그렇듯 쓸쓸함을 달랠 수 없단 말인가
정녕 그대 빈 가슴을 채울 수 없단 말인가
그럴 땐 이리로 와서 잎의 말을 들어 보게.

하늘이 무너져서 어쩔 수 없단 말인가
끝내 그대 나갈 길을 찾을 수 없단 말인가
그럴 땐 이리로 와서 가지 끝을 살펴보게.

차라리 이 세상을 떠나고 싶단 말인가
오직 그대 모진 삶을 버리고 싶단 말인가
그럴 땐 이리로 와서 큰 줄기를 안아 보게.

얼마나 괴롭기에 잠들 수 없단 말인가
결코 그대 긴 어둠을 이길 수 없단 말인가
그럴 땐 이리로 와서 그늘 밑에 누워 보게.

남해 창선면 왕후박나무
천연기념물 제299호
2011년 5월 25일 촬영

서귀포시 성읍리 느티나무

졸음이 오는 건가, 비스듬히 쓰러지니
맑게 쓸린 하늘가로 오르는 꿈 지녔는지
잎사귀 흔든 세월이 바람처럼 가볍네.

펼쳐진 바다 위에 갈매기가 날아가니
옛 시절이 그리운지, 눈이 자꾸 감기는데
나이테 둘린 시름도 강물같이 흐르네.

서귀포시 성읍리 느티나무
천연기념물 제161호
2014. 9. 17. 촬영

제주시 평대리 비자나무 숲

우거진 가지들이 온통 하늘 가렸는데
바람이 슬쩍 부니 전설 가득 쏟아지고
새천년 비자나무는 넓은 품을 내준다.

이따금 새소리가 마음결을 두드릴 뿐
갈앉은 고요 속을 엿보던 이 떠나가고
연리지 사랑나무만 잡은 손에 힘준다.

제주시 평대리 비자나무 숲
천연기념물 제374호
2014. 9. 17. 촬영

기타

서산 읍내 군청 앞뜰 느티나무

나야 한창 젊었을 때 병역의무 마치려고
졸병으로 군대 가서 문지기 일 해냈다만
도대체 무슨 이유로 너는 거기 있느냐.

하루 내내 그림자만 운명처럼 밟고 서서
세상구경 못 다니는 푸념 가득 쏟겠지만
수백 년 흐른 뒤에는 깨달음을 얻으리.

서산 읍내 군청 앞뜰 느티나무
서산시 보호수 8-14-301(천연기념물 추천)
2013. 9. 13 촬영

기타

서산 읍내 군청 앞뜰 왕버들

그리 몸을 기울이고 무슨 말을 엿듣는가,
잎사귀만 활짝 열면 절로 들릴 그 물소리
세월은 입을 다물고 쉼도 없이 흐른다.

목마름을 풀고 나면 절로 춤이 나오는가,
소나기를 맞을 때면 활짝 펼칠 그 무지개
품속에 세상을 안고 꿈길 홀로 걷는다.

서산 읍내 군청 앞뜰 왕버들
서산시 보호수 8-14-380(천연기념물 추천)
2013. 9. 13 촬영

서울 회현동 은행나무

남산을 곁에 두고 버티어 온 그 긴 세월
조선조 먼 이야기도 가슴 속에 둘렀겠다,
나라의 힘찬 기운이 네 주위를 감싸느니.

몇 발짝 더 걸으면 그 이름난 시장 장터
사람 사는 냄새까지 물씬 풍기는 곳인데,
서울의 더운 정으로 그 잎들이 물들었다.

서울 회현동 은행나무
서울 보호수 서2-5(천연기념물 추천)
2013. 11. 8 촬영

기 행 문

탱자나무를 찾아서

(1) 기행에 대하여

때는 이른 봄인 3월 3일, 대학 친구 세 사람은 승합차에 몸을 싣고 강화로 향하였다. 이미 이날은 강화 갑곶리에 있는 천연기념물 제78호인 탱자나무를 만나러 가기로 되어 있었다. 정확히 말해서 이 탱자나무는 '갑곶돈대' 안에 자리 잡고 있다.

알다시피 강화도는, 몽골 군대가 우리나라를 침공하였을 때, 고려 고종(재위 1213~1259)이 난을 피하여 28년 동안이나 머물렀던 곳이다. 물론, 모두가 힘껏 대몽항전을 펼쳤다. 그뿐만 아니라, 조선조 때에 와서도 인조(재위 1623~1649)의 가족이 정묘호란(1627년)을 피하여 이곳으로 들어왔다. 이 당시에 외적을 막는 방법으로 강화도에 성을 쌓고 포대를 구축했으며 성벽 바깥쪽에는 적들이 쉽사리 접근하지 못하도록 빽빽하게 탱자나무를 심었다.

차가 신이 나게 달려서 강화대교를 지났다. 그러자 얼마 안 있어서 '갑곶돈대'가 나타났다. 갑곶돈대는 강화에 있는 55돈대 중 하나로 사적 306호로 지정되어 있다. 인조 22년(1644년), 강화에는 여러 진이 설치되었다. 그런데 갑곶돈대는 제물진에 속하는 돈대

였으며, 숙종 5년(1679년)에 축조되었다고 한다. 돈대 안에는, 8문의 대포를 설치한 포대가 있었다고 하는데, 지금은 '대포'(大砲)와 '소포'(小砲) 및 불랑기(佛狼機) 등이 전시되어 있다. 대포는, 포구에서 화약과 포탄을 장전한 다음, 뒤쪽 구멍에 불을 붙여서 쏘는 '포구 장전식 화포'이다. 사정거리는 700미터 정도이지만, 포탄 자체가 폭발력이 없으므로 살상능력은 그리 크지 않았다고 한다. 그리고 소포는, 화약과 포탄을 장전한 다음, 뒤쪽 구멍에 불을 붙여서 사격하는 '포구장전식' 화포이다. 사정거리는 300미터 정도인데, 우리나라 재래식 화포 중 가장 발달한 형태라고 한다. 또한, 불랑기는 임진왜란 때에 널리 사용된 화승으로, 포 1문에 5개에서 9개까지의 작은 포를 연결하여 연속적으로 사격할 수 있게 만들었다고 한다.

이러한 병기 못지않게 탱자나무 울타리도 중요하게 여겼던 것 같다. 그 당시에 나라에서는 탱자나무의 씨앗을 보내주고 그 성과를 보고하도록 하였다고 전한다. 그리고 강화유수에게 관리 책임을 내리고 그 생육상태를 정기적으로 보고하도록 했다고도 한다. 그 방비가 철통과 같다. 정말이지, 우거져 있는 탱자나무 울타리는 그 누구라도 쉽게 뚫을 수 없다.

우리는 그 근처에 차를 세워 놓고 갑곶돈대 유적지 안으로 들어갔다. 얼마 걷지 않아서 우리는 언덕 비탈에 서 있는 탱자나무를 만날 수 있었다. 울타리가 둘려져 있어서 쉽게 눈에 띄었다. 척 보아서 무게가 느껴진다. 그도 그럴 수밖에 없는 게, 나이가 400살이나 된다고 한다. 거슬러 따져 보니, 1600년경에 심었다고 여겨진다. 밑에서 돋아난 여러 줄기가 힘차게 하늘을 향하고 있다. 나무 모양이 아름답다. 나무의 키는 4미터는 되는 성싶었다. 뿌리목 둘레도 1미터가 넘을 것 같았고, 가지 퍼짐도 사방으로 6미터는 족히 넘을 것 같았다.

이 탱자나무를 만나는 순간, 콧등이 시큰해졌다. 나는 6.25전쟁을 직접 겪은 사람이다. 전쟁이 얼마나 무서운지를 나는 잘 안다. 반드시 우리의 국토는 우리가 지켜야 한다. 그렇기에 우리는 이 탱자나무처럼 굳세어져야 한다. 이 탱자나무야말로 우리의 귀중한 국토를 지킨 바로 '역사적 장본인'이다. 믿음직하다.

여기 갑곶리 탱자나무가 천연기념물로 지정된 이유는, 나이가 많고 역사적으로 중요한 의미를 지니고 있기 때문만은 아니다. 탱자나무는 온난대성 식물로서 주로 영호남 지방에서 자라고 있다. 그러므로 강화도는 탱자나무가 자랄 수 있는 북한계지(北限界地)가 된다. 그동안 살아남기가 쉽지 않았을 터이다. 이는, 학술적으로도 가치가 아주 높다.

강화에는 이 외에도 또 한 그루의 천연기념물이 있다. 제79호인 탱자나무이다. 이 탱자나무는 강화 사기리에 산다. 이건창 생가가 있는 바로 옆이다. 그는 암행어사로서 관리들의 비리를 엄하게 조사하고 민폐를 해결하여 백성들의 존경을 한 몸에 받았다. 그러나 그는 곧은 심성 때문에 권력자의 미움을 받아서 긴 세월을 유랑생활로 보내야 했다. 사기리의 탱자나무도 만나보았는데, 마치 이건창의 성품을 닮은 듯싶어서 마음이 숙연해졌다.

(2) 탱자나무에 대하여

탱자나무는 무엇보다도 그 가시가 무섭다. 늘 시퍼런 눈을 뜨고 경계를 서고 있다. 가까이 오지 마! 그 시퍼런 목소리가 들리는 성싶다. 자세히 살펴보면 가지에 굳센 가시가 어긋나기를 이루고 있다. 작아도 주삿바늘은 넘고 크면 대못 정도나 된다. 절로 두려움을 느끼게 된다.

일반적으로 식물의 가시는 세 가지로 나눌 수 있다.

첫째로 잎이 변해서 만들어진 '잎가시'(葉針, Spine)가 있다. 이 대표적인 게 선인장이다. 선인장은 목마른 사막에 산다. 수분의 증발을 최대로 막기 위하여 잎이 가시로 변해 버렸다. 선인장은 종류에 따라서 가시의 굵기와 크기 등이 다르다. 그런데 그냥 '잎'이 아니라 '턱잎'(托葉)이 변하여 가시를 이룬 것도 있다. 이런 식물에는, '아카시아'(*Robinia pseudo-acacia*)라든가 '노박덩굴'(*Celastrus orbiculatus*) 등이 속한다. 이들은 턱잎이 변하여 '잎바늘'이 되었다. 이런 나무들은 '잎이 나는 자리'인 마디에 가시가 난다.

둘째로 겉껍질이 변해서 만들어진 '껍질가시'(皮針, cortical spine)가 있다. 껍질가시는 마디가 아니라 마디 사이에 난다. 그 무서운 '음나무'(*Kalopanax pictus*)라든가 좋은 나물을 제공하는 '두릅나무'(*Aralia elata*) 등이 바로 그렇다.

그리고 셋째로 어린가지가 변해서 만들어진 '줄기가시'(莖針, thorne)가 있다. 이 '줄기가시'도 마디에 난다. 그러나 여기에서 잎이 나오고 이게 자라서 큰 가지가 된다. 이러한 종류에 '탱자나무'도 속한다. 그리고 '주엽나무'(*Gleditsia japonica var. koraiensis*)도 보라는 듯이 있다.

음나무나 두릅나무와 같은 '껍질가시'는 겉으로 무섭게 보이지만 쉽게 떼어낼 수 있다. 그러나 어린가지가 변한 '줄기가시'는, 줄기 자체이기 때문에 쉽게 떼어낼 수 없다. 그러므로 가시의 위력이 높다. 이제 왜 탱자나무 울타리가 위력을 나타내는지 알 수 있을 거다. 한문으로 탱자나무를 '지'(枳)라고 쓴다. 그런데 이 '지'라는 글자는 '저지하다' '해치다' '상하게 함' 등의 뜻도 지닌다. 가시와 연관이 있다.

그렇듯 무서움을 지닌 탱자나무이지만, 4~5월에 피는 꽃은 더없이 화사하다. 잎보다 먼저 피어나니 온통 꽃송이뿐이다. 가지 끝(頂生)이나 잎이 돋아날 그 겨드랑이(腋生)에 꽃이 달린다. 바람에 고갯짓을 살래살래 흔들고, 절로 간지러워서 키득키득 웃음이 나온다. 게다가 그 색깔이 어찌나 흰지 눈이 부시다. 꽃이 1개나 2개씩 달리기에 더욱 귀엽다. 꽃받침잎과 꽃잎은 5개가 서로 사이를 두고 달린다. 그렇기에 많은 수술이 드러난다. 좀 바보 같은 느낌이 들기는 하나, 더없이 착하고 순수함을 지니고 있다는 느낌도 강하다. 수술과 꽃잎이 멋지게 어울린다. 그래서 더욱 사랑스럽다. 향기는 은은하다. 코로 향기를 맡지 말고 마음으로 향기를 맡아야 한다. 그렇다. 마음이 가난하면 향기를 맡을 수 있다.

꽃이 지면 열매가 달리고, 푸르던 열매는 9월에 노랗게 익는다. 이 때가 되면 코로 마음껏 향기를 맡을 수 있다. 생긴 모습도 탁구공처럼 앙증맞으려니와, 보송보송 털이 나 있어서 귀여운 어린이를 대하는 느낌이다. 게다가 그 짙은 향기라니———. 저절로 눈이 감기게 된다. 장난감이 귀하던 '어린 시절', 나는 이 탱자를 손에서 놓지 않았다. 어찌 이런 일이 나에게만 있었겠는가. 다산 정약용 선생은 다음과 같은 시를 지었다.

枳子姸黃合弄丸　곱고 누른 탱자가 동그란 장난감과 같아서
童孩鬪果阿翁歡　아이는 쌓기 놀이하고 할아비는 즐거워하네.
看渠不過蜣蜋技　그 모습을 보니 쇠똥구리 재주를 부리는 듯

摘損官園白露團   관청 뜰의 흰 이슬방울 가리키며 낮추네.

이로써 다산 선생이 살았던 시대에도 아이들은 탱자나무 열매를 가지고 놀았음을 알 수 있다. 게다가 아이들이 탱자나무 열매를 가지고 쌓기 놀이를 하였음은 참으로 의외의 일이다. 아무래도 아래는 넓게 하고 위로 갈수록 좁게 하여 탑을 쌓듯 하였겠지만, 그 모양을 보고 쇠똥구리를 연상했음도 재미가 있다. 요즘 아이들은 아마도 쇠똥구리를 보기 어려울 성싶다. 쇠똥구리는 돌아서서 뒷발로 '탱자나무 열매처럼 빚은 쇠똥'을 굴리는데 그 솜씨가 놀랍다. 쇠똥구리 생김새도 특이하다. 몸빛은 검고 윤이 난다. 머리와 머리방패는 넓적하고 마름모꼴이며 앞의 언저리는 위로 휘었고 그 가운데는 조금 안으로 휘어든다.

'탱자나무'라는 이름은, '탱자가 열리는 나무'라는 뜻이다. 그렇다면 '탱자'라는 말은 어떻게 해서 생겼을까? '자'(子)라는 글자는 '씨'를 가리키겠고, 그러면 '탱'이라는 글자는 어디에서 왔을까. 물론, '탱'(撐)이라는 한자도 있고 이 글자는 '배부르다' '가득 참' 등의 뜻도 지닌다. 그러나 한자로는, 앞의 한시에서 '지자'(枳子)라는 말을 분명히 썼다. 내용으로 보아서, 탱자나무의 열매를 가리킨다. 그러니 '탱자'는 한글의 '탱' 자와 한문의 '자'(子, 씨라는 뜻) 자의 합성어가 아닌가 한다. 다시 말해서 '탱탱한 열매'라는 뜻일 성싶다.

우리와는 달리, 서양에서는 그 가시나 꽃이나 열매보다는 탱자나무의 잎에 더 관심을 가진 듯싶다. 왜냐하면, 탱자나무의 학명이 '*Poncirus trifoliata*'이기 때문이다. 이 학명 중에서 'poncirus'는 '귤'을 의미하는 프랑스어 '퐁카레'(poncire)에서 유래하였다고 하며, 'trifoliata'는 '잎이 3개'라는 뜻이라고 한다. 정말 그렇다.

탱자나무의 잎은, 가운데 긴 잎이 있고 그 주위에 2개의 잎이 달려 있다. 이를 가리켜서 3출엽(出葉)이라고 한다. 잎자루에 날개가 약간 있어서 하늘로 오르려는 마음을 내보인다. 작은 잎은 가죽질이어서 번쩍거린다. 생김새는 '거꾸로 된 알꼴' 또는 '길둥근꼴'이다. 잎의 가장자리에는 둔한 톱니가 있다.

중국 고사에는, '남귤북지'(南橘北枳)라는 말이 있다. 이는, '회수(淮水) 남쪽의 귤나무를 회수(淮水) 북쪽으로 옮겨 심으면 탱자나무로 변한다.'라는 뜻이다. 이 말은 종종 '사람도 그가 처해 있는 환경에 따라서 귀하게도 되고 천하게도 된다.'라는 뜻으로 쓰인다. 이는 중국 춘추전국시대에 살았던 제(齊)나라 '안영'(晏嬰)이라는 대신이 한 말로 알려져 있다. 안영은 볼품없이 생겼지만 지혜가 뛰어났다.

그러나 이 말은 옳지 않다. 귤나무의 학명은 'Citrus unshiu'이다. 그러니 탱자나무와는 전혀 다른 나무가 틀림없다. 어느 곳에 심게 되든지 귤나무는 귤나무이고 탱자나무는 탱자나무이다. 다만, 환경이 좋지 않으면 열매가 제대로 그 모습을 갖추지 못한다.

굴참나무를 찾아서

(1) 기행에 대하여

때는 4월 21일, 우리는 천연기념물 제271호인 서울 신림동 굴참나무를 만나기 위하여 전철을 타고 신대방역으로 향했다. 전철에서 내린 후에는 난곡 입구를 향해 발걸음을 재촉했다. 날씨는 흐렸고 빗방울이 떨어졌다. 우리의 천연기념물 탐방은 전천후이니 조금도 망설일 게 없다.

서울 신림동 굴참나무는 난곡 아파트 단지 안에 서 있다. '난곡'이라면 '달동네'로 널리 알려져 있던 곳이다. 물론, 산 위에 들어선 판잣집들을 두고 하는 말이었다. 예전에 나는 관악산을 올랐다가이 동네 골목길로 내려오고 있었는데 마침 비를 만났다. 비를 피해 처마 밑에 서 있자니, 그 집 아주머니가 나오셔서 '헌 우산이지만 쓰고 가라.'고 나에게 내미셨다. 얼마 지난 후에, 나는 그 고마움에 보답하려고 그 아주머니를 찾아갔지만 찾을 수가 없었다.

난곡 입구에 다다라서 우리는 몇 사람에게 물어서 겨우 신림동 굴참나무가 서 있는 아파트 단지를 찾을 수 있었다. 그 끝자락에 굴참나무가 서 있었는데 나무가 서 있는 자리가 아래로 움푹하였다. 아직 잎은 내밀지 않았기에 그 가지들의 생김새를 볼 수 있었다. 이 굴참나무가 천연기념물로 지정된 가장 큰 이유는 나이가 가장 많기 때문이라고 한다. 추정 나이가 1000살이라고 하니 놀라울 뿐이다. 나무의 키는 어림잡아서 17미터는 넘을 것 같았다. 땅 위에서 높이 5미터쯤 되는 지점에서 가지들이 갈라졌고, 가지 퍼짐은 동쪽과 서쪽으로 가장 넓어서 20미터는 될 성싶었다.

일설에 이 굴참나무는, 강감찬 장군이 이곳을 지나가다가 그가 짚고 가던 지팡이를 여기에 꽂았는데 그게 이렇듯 크게 자랐다고 한다. 모두 알다시피, 강감찬 장군은 '1010년과 1018년에 걸친 거란의 침략을 막아냈으며, 특히 우리나라 대외 항전사상 중요한 전투의 하나로 꼽히는 귀주대첩(龜州大捷)을 승리로 이끈' 분이다. 이분은 948년에 태어나서 1031년에 돌아가셨다. 그러니 그분이 60대 중반쯤일 때라고 볼 수도 있겠다.

이 난곡 입구와는 좀 거리가 있지만, 내가 사는 동네의 이름은 '인헌동'(仁憲洞)이다. 이 '인헌'은 바로 강감찬 장군의 시호(諡號, 임금이나 정승이나 유현들이 죽은 후에 그들의 공덕을 기리어 주던 이름)이다. 그리고 우리 동네 옆에는 '낙성대동'(落星垈洞)이 있다. '낙성대'는, 강감찬 장군이 태어난 집터로, 그가 태어나던 날 밤에 하늘에서 큰 별이 떨어졌다고 하여 '낙성대'라는 이름을 지었다고 전한다. 그곳에는 '낙성대 공원'이 조성되어 있고 그 안쪽으로 강감찬 장군을 기리는 '안국사'(安國祠)라는 사당이 세워져 있다.

우리나라에는 서울 신림동 굴참나무 외에도 천연기념물로 지정된 굴참나무들이 있다. 그 하나는 천연기념물 제96호로 '울진에 있는 굴참나무'이다. 이 나무는 '왕피천'(王避川)이 흐르고 있는 마을 뒤의 언덕에 자리 잡고 있다. 왕피천은, 영양군 수비면 본신리 금장산(849m) 서쪽 계곡에서 발원한 물이 울진군 서면 왕피리를 지나면서 그 이름을 얻었다. 삼한시대의 실직국(悉直國)의 왕이 이곳으로 피난을 와서 숨어 살았다고 하여 마을 이름은 '왕피리'가 되었고 마을 앞에 흐르는 냇물은 '왕피천'이 되었다고 한다. 이 울진의 굴참나무는 나이는 300살 정도이고 가지 퍼짐도 8미터에 불과하다. 하지만 그 키는 20미터가 넘는다. 아마도 우리나라에서 가장 큰 키의 굴참나무가 아닐까 한다.

다른 하나는, 안동 임동면에 있는 굴참나무로 천연기념물 제288호이다. 이 나무 앞에서는 그 동네 사람들이 농사일을 마친 음력 7월에 마을의 화평을 비는 제사를 올린다고 한다. 특히 봄에 소쩍새가 이 나무로 와서 울면 풍년이 든다고 한다. 이 굴참나무는 나이가 500살쯤 되었다고 본다. 키는 18미터 정도이지만 가지 퍼짐이 사방으로 26미터는 될 것 같다. 그러니 이 굴참나무는 가지 퍼짐이 우리나라에서 제일일 성싶다.

(2) 굴참나무에 대하여

굴참나무(*Quercus variabilis*)는 낙엽활엽교목으로 그 키가 25미터까지 자란다. 책에는 가슴높이줄기지름이 1미터에 이른다고 되어 있으나, 울진의 굴참나무는 가슴높이줄기지름이 5미터는 훨씬 넘어 보인다. 잎의 모양은 상수리나무(*Quercus acutissima*)와 아주 닮았다. 척 눈으로 보아서 참으로 구별하기가 어렵다. 그러나 잎을 뒤집어 보면 쉽게 구별할 수 있다. 굴참나무는 잎 뒤에 회백색의 성상모(星狀毛, stellate hair)가 밀생하여 있다. '성상모'란, 그자 그대로 '한 점에서 방사상으로 갈라져서 별빛 모양으로 퍼져 난 털'을 말한다. 이것 때문에 잎 뒤가 희게 보인다. 바람이 불게 되면 잎을 뒤집어서 흰빛을 내보이는 굴참나무는 사랑스럽기 이를 데 없다. 물론, 상수리나무는 잎 뒤도 그저 푸르다.

잎은 어긋나기, 즉 호생(互生)을 한다. 그리고 2센티미터 안팎의 긴 잎자루를 지니고 있다. 이 잎자루가 길면 길수록 바람이 불 때에는 잎이 떨리게 된다. 한밤에 그 잎이 떨리는 소리는 내 마음까지도 두렵게 만든다. 생김새는 긴 타원형이거나 타원 모양의 피침형이다. '피침'이란 '바소'를 말하는데, 예전에 '곪은 데를 째는 침'을 이른다. 그리고 잎의 가장자리에는 까끄라기 모양(芒狀)의 가는 톱니(鋸齒)를 지닌다. 잎의 길이는, 20센티미터에 이르는 상수리나무보다는 작아서 큰 잎이 15센티미터 정도이다.

꽃은, 상수리나무와 마찬가지로 암꽃과 수꽃이 한 그루 위에 생기는 '일가화'(一家花)이다. 다시 말해서 암수한그루(雌雄同株)이다. 꽃은 5월이 되어야 피어난다. 수꽃은 꼬리 모양의 꽃차례(花序)를 이루는데 그 길이는 10센티미터쯤 된다. 황갈색이다. 이게 새가지 밑에서 아래로 처진다. 암꽃은 새가지 위쪽 잎겨드랑이에 자리 잡는다. 자루의 길이는 1밀리미터쯤 되는데 1개씩(單生) 달린다. 위를 보고 바로 서 있다. 수꽃에는 3~5개의 꽃덮이갈래조각(花被裂片)과 4~5개의 수술이 보인다. 암꽃은 '꽃대의 끝에서 꽃의 밑동을 싸고 있는 비늘처럼 생긴 조각'인 총포(總苞)를 보인다. 3개의 암술대가 있다.

열매는 껍질이 단단하고 깍정이에 싸여 있는 견과(堅果)이다. 한마디로 말해서 상수리와 같은 모양이다. 구별하기가 어렵다. 이 열매는 다음 해 10월에 익는다. 그러니 2년 만에 익는다. 위의 부분이 '꽃차례의 기초가 되는 부분에 특히 다수의 꽃을 싸고 있는 작은 잎이 모여서 된 일종의 잎의 기관'인 총포(總苞)에서 튀어나온 모습이다. 총포는 반구형(半球形)이고 총포 조각은 나선 모양으로 짧은 털이 빽빽하게 나고 바소꼴이다. 뒤로 젖혀진 여러 개의 긴 '밑씨를 받치고 있는 비늘 모양의 작은 돌기'인 포린(苞鱗)에 싸인다.

굴참나무는 나무의 줄기(樹幹)가 잘 갈라지고 나무의 껍질(樹皮)은 코르크(cork)를 잘 발달시킨다. 굴참나무는 두꺼운 코르크가 발달하여 세로로 깊은 골이 지니, 다른 나무와 구별하기가 쉽다. 그 '두꺼운 코르크'로 해서 '박'(樸)의 이미지를 얻었다.

경기도 지방에서는 '골'을 '굴'이라고 한다. 그래서 나무 이름이, '껍질에 골이 지는 참나무'(골참나무)가 되었다. 그리고 '골참나무'가 '굴참나무'로 변했다. 그런가 하면, 다른 이름으로는 '청강류'(靑剛柳) 또는 '역'(櫟) 또는 '역'(櫪)이라고도 부른다. '역'은, '상수리나무'와 '굴참나무'를 모두 가리킨다고 여겨진다. 또, 영명(英名)은 'Korean cork'이다.

굴참나무의 학명 중 'Quercus'는 켈트어의 'quer'(질이 좋은)와 'cuez'(목재)의 합성어리고 한다. 그리고 'variabilis'는 '변하기 쉬운'이라는 뜻을 지니고 있다고 한다.

굴참나무 껍질은 보온성이 좋을 뿐만 아니라 비가 새지 않는다. 굴참나무의 껍질인 너와집은 날씨가 좋은 날에는 듬성듬성 하늘이 보이다가도 날이 흐리고 비가 내리게 되면 스스로 늘어나서 지붕을 완전히 덮어서 비가 한 방울도 새지 않게 된다고 한다. 그래서 '지붕을 이는 재료'로 흔하게 사용하였다. 굴피 집은, 굴피나무(*Platycarya strobilacea*)의 껍질로 지붕을 이는 게 아니라, 굴참나무의 껍질로 지붕을 이었다.

'너와집'이라는 말에서 '너와'는 지붕을 덮는 데 쓰이는 재료로서 지방에 따라 '느에' '능에' '너새' 등으로 부른다. '너와'로 이용되는 나무는, 결이 바르고 잘 쪼개지는 성질이 있으며 지름이 30센티미터 이상이 좋다. 즉, 통나무를 기와 크기만큼 잘라서 기와나 돌 대신에 지붕을 인다. '너와집'은 소나무나 참나무 등을 주로 사용하였다. 다시 말하면, '너와'는 주로 20년 이상 자란 소나무인 '조선소나무'(*Pinus densiflora*)를 이용하였으나 이런 나무를 구하기가 어려워져서 참나무를 사용하였다. 그리고 참나무마저 구하기 어렵게 되자, '너와' 대용으로 '굴참나무 껍질'인 '굴피'를 기와처럼 지붕에 덮게 되었다. 이게 바로 '굴피 집'이다.

〈고려사〉에는 『충숙왕 16년(1329) 봄, 왕이 천신산 밑에 임시 거처할 집을 짓고 그곳에 머물기로 하면서 관리들에게 "지붕은 무엇으로 덮으면 좋은가?" 하고 물으니, 관리들이 "굴참나무 껍질이 제일 좋습니다."라고 대답했다.』라는 기록도 있다.

굴참나무는 산기슭이나 산 중턱의 양지에서 자란다. 특히 남향 산허리 쪽의 건조한 곳을 좋아한다. 혼자가 아니라 모여 있기를 좋아한다. 우리나라 전국 각지에서 만날 수 있는데 수직적으로는 지방에 따라 다소 다르다. 즉, 남쪽에서는 해발 1200미터 이하에 많고 중부에서는 해발 800미터 이하에 많으며 북부에서는 해발 200미터 이하에 많다. 일반적으로 해발 400~500 미터 부근에서 만날 수 있다. 상수리나무보다는 더 높은 표고에 나타나고 신갈나무보다는 낮은 표고에 잘 나타난다. 굴참나무는 우리나라를 비롯하여 일본이나 중국 등지에 분포한다.

굴참나무를 비롯한 참나무 열매로는 모두 '묵'을 만든다. 열매를 모아서 말린 후에 무엇보다 먼저 겉껍질을 제거한다. 그리고는 하루나 이틀 동안을 물에 담가 두었다가 찧는다. 또, 찧은 뒤에 체로 치고, 떫은맛을 없애기 위해 시루에 넣고 물을 부어서 우려낸다. 그것을 맷돌로 갈아서 삼베자루로 짜내어 '묵'을 쑤게 된다. 이를 '묵주머니'라고 한다. 이렇듯 '묵'을 만들려면 손이 아주 많이 간다. 내가 어렸던 시절에는 이 '묵'이야말로 별미 중의 별미였다. 게다가 땀을 흘리며 일하고 난 다음, '묵'을 곁들이어 마시는 막걸리 한 잔의 맛을 그 무엇과 비교하겠는가.

시경의 진(秦)나라 노래 중 '신풍'(晨風, 새매 떴다)에는 '산유포력'(山有苞櫟) '습유육박'(隰有六駁)이라는 구절이 나온다. 신풍의 '신'은 모전(毛傳)에서 이르기를 '새매의 종류'를 가리킨다고 한다. 여기에서 '산유포력'의 '력'은 '굴참나무'를 나타낸다고 본다. '포'는 '초목이 밀생함'을 가리킨다. '습유육박'의 '육박'은 '육박나무'(*Actinodaphre lancifolia moissner*)를 나타내는 게 아닐까 한다. 육박(六駁)나무는 늘 푸른넓은잎 큰키나무로 녹나무과에 속하고 나무껍질에 얼룩무늬가 있다고 하여 그 이름을 얻었다. 우리나라 및 중국(浙江, 湖北) 등지에 분포한다. 그러나 고전의 해석은 다르다.

회화나무를 찾아서

(1) 기행에 대하여

때는 5월 12일, 우리는 천연기념물 제315호인 인천 신현동 회화나무를 만나기 위해 제기동 전철역 1번 출구 앞에서 모였다. 한 친구가 몰고 온 승용차에 몸을 싣고 우리는 신이 나게 인천 지역으로 향했다. 이번 인천 지역 탐방에는 안암 언덕에서 함께 공부한 옛 벗을 만나는 기쁨이 따랐다. 부리나케 현장에 도착하니, 그는 이미 다다라서 우리를 기다리고 있었다.

인천 신현동 회화나무는 주택가 한가운데에 서 있었는데, 조그마한 쉼터를 안고 있었다. 그래도 다행이었다. 이 나무의 나이는 자그마치 500살이나 된다. 그리고 가슴 높이 나무둘레는 5미터가 넘는다. 풍채도 좋아서 엄한 기운이 감돈다. 한 마디로 웅장한 멋을 지녔다. 그러니 그 앞에서 어찌 기가 죽지 않겠는가. 그에 비해서 서 있는 자리가 비좁다는 느낌이 들었다.

이 회화나무는 신현동 사람들에게 당산나무 구실을 단단히 했던 것 같다. 예전에는 이 나무가 꽃을 피우는 모양을 보고 그해의 풍년과 흉년을 짐작하기도 했다고 한다. 즉, 7월 말경에 작고 누르스름한 꽃이 위쪽부터 아래쪽으로 피어서 내려오면 풍년이 든다고 한다. 그러나 그와 반대로 아래쪽에서 위쪽으로 피어서 올라가면 흉년이 든다고 한다. 그래서 신현동 주민들은 음력으로 정월 대보름날 자정이면 이 회화나무 앞에서 풍년이 들게 해 달라고 당산제 (堂山祭)를 지냈다고 한다.

이 외에도, 우리나라에서 천연기념물로 지정된 나무들이 있다. 부산의 괴정동에는 천연기념물 제316호인 회화나무가 있다. 이 나무의 나이는 더욱 놀랍게도 600살이 넘고 가슴 높이 나무둘레가 6미터가 넘는다. 거목이다. 마을의 상징! 그래서 그 마을 이름을 '괴정동'(槐亭洞)이라고 부르게 되었다고 한다. 풀어서 '회화나무 아래에 정자가 있는 마을'이다. 그리고 당진의 송산면에는 천연기념물 제317호인 회화나무가 있으며, 함안 칠북면에는 천연기념물 제319호인 회화나무가 있다. 송산면의 회화나무는 나이가 무려 700살이나 되고, 칠북면의 회화나무는 그보다 좀 적은 500살을 먹었다고 한다. 그러나 키는, 칠북면의 나무가 26미터를 훌쩍 넘겼지만, 송산면의 나무는 19미터에도 못 미쳤다.

또, 월성의 안강읍에는 천연기념물 제318호인 회화나무가 살고 있다. 나이는 400살밖에 안 되나 키는 17미터에 이른다. 이 나무는 육통 마을 한가운데에 자리 잡고 있다. 이 회화나무는 특별한 사연을 지녔다. 고려 공민왕 때라고 한다. 그 당시에 이 마을에는 김영동이라는 젊은이가 살고 있었다. 그런데 난리가 났다. 북쪽에서는 오랑캐가 쳐들어오고 남쪽에서는 왜구가 침입하여 노략질을 일삼았다. 19살밖에 안 된 김영동은, 나라를 지키기 위해 출전하기로 마음먹고 그 마을에 이 회화나무를 심었다. 그러나 안타깝게도 그는 전쟁터에서 왜구와 싸우다가 목숨을 잃었다. 그 후에, 그의 부모는 이 회화나무를 자식처럼 정성을 다하여 가꾸었다.

그런가 하면, 서울의 창덕궁 안에는 천연기념물 제472호인 회화나무들이 있다. 다시 말해서 창덕궁의 정문인 돈화문(敦化門)으로 들어설 때에 마치 양쪽 옆으로 줄을 서서 손님들을 맞고 있는 듯싶은 회화나무 8그루를 만날 수 있다. 궁궐 입구의 회화나무는 중국 주례(周禮)에 따라 심었다고 하는데, 원래 돈화문 주변은 조정 관리들이 근무를 하던 외조(外朝)의 공간이었다고 한다. 물론, 회화나무는 궁궐 외에도 서원이나 서당 등에도 심었다. 여기의 회화나무도 300여 살 정도는 되었다고 추정된다. 그러나 우리가 찾아간 '2012년 2월 11일의 모습'은 추레하기 그지없었다. 활기를 이미 잃었다.

이 천연기념물 회화나무들을 모두 제쳐놓고, 내가 자주 만나러 다니는 회화나무가 따로 있다. 그 나무는 바로, 서울시 지정보호수 제78호인 '서울 조계사의 회화나무'이다. 이 나무는 조계사 앞마당에 자리 잡고 있다. 전철 1호선 종각역에서 내리면 쉽게 찾아갈 수 있다. 이 나무의 나이도 적지 않다. 추정되는 나이가 450살 정도이다. 예전에 조계사 부근에는 회화나무가 우거져 있어서 '회화나무 우물골'이라는 지명을 얻기도 했다고 한다. 이 '나무 친구'는 키가 26미터에 이른다. 자랑스럽다.

(2) 회화나무에 대하여

회화나무(*Sophora japonica L*)는 낙엽활엽교목이다. 책에는 그 키가 25미터에 달한다고 되어 있으나, 천연기념물 회화나무 중에도 26미터가 넘는 게 있다. 마을 근처에 흔히 심는다. 가지가 퍼지니 나무 모양이 아름답다. 작은 가지는 녹색을 띠는데 자르면 냄새를 풍긴다. 잎은 어긋나는 호생(互生)이다. 자세히 말하면 기수우상복엽(奇數羽狀複葉)이다. 여기에서 '기수'는 '홀수'를 뜻하고, '우상'은 '새의 깃과 같은 모양'인 '깃꼴'을 나타내며, '복엽'은 한 잎자루에 여러 낱개의 잎이 붙어서 겹을 이룬 잎인 '겹잎'이라는 말이다. 작은 잎은 7개에서 17개씩이며 달걀 모양이거나 '달걀처럼 생긴 바소꼴'이다. 여기에서 '바소'는 예전에 곪은 데를 째는 기구로 사용한 '침'을 이른다. '예두'(銳頭 acute)이다. 이는, 잎의 끝이 날카롭다는 말이다. 그러나 잎의 가장자리에는 거치(鋸齒), 즉 '톱니'가 없다. 잎의 앞면은 짙은 녹색이고 그 뒷면은 회색을 나타낸다. 소엽병(小葉柄)이라고 하는 '작은잎자루'는 짧고 털이 있다.

꽃은 8월경에 핀다. 길게 꼭대기에 달리는 원추화서(圓錐花序, panicle)이다. '원추화서'란, 한눈에 보아서 전체적으로 원뿔 모양을 나타내는 꽃차례를 이른다. 황백색이다. 열매는 10월에 익는다. 콩과 식물이니 당연히 꼬투리를 지닌다. 이를 '협과'(莢果, 꼬투리열매)라고 한다. 그런데 이 꼬투리가 괴상하다. 염주형(念珠形)이다. 다시 설명하면, 열매의 꼬투리가 마치 염주를 줄에 끼워 놓은 것처럼 늘어져 있다. 그렇다. 연주(連珠)처럼 보인다. 괴이하다!

회화나무는 중국 북부인 아시아가 원산지이다. 그러므로 중국에서 들어왔다고 여겨진다. 우리나라에는 수평적으로 남해안으로부터 함경북도에까지 이르는 각지에서 만날 수 있다. 그리고 수직적으로는 남쪽인 경우에는 표고 600미터 이하에서 만날 수 있으며 북부에서는 400미터 이하에서나 볼 수 있다. 중국에서는 아주 흔하다.

회화나무를 한자로는 '괴'(槐) 또는 '괴화수'(槐花樹)라고 쓴다. 이

'괴'(槐)라는 글자는 '홰나무 괴' 자인데, 이 홰나무가 바로 화화나무를 뜻한다고 한다. 그런가 하면 이 '괴'(槐)를 중국 발음으로 'huái'라고 읽는데, 이는 우리가 듣기에 '회'라고 들리기에 '회화(花)나무'라고 부르게 되었다고도 한다. 그런데 문제가 있다. 우리는 '괴목'(槐木)이라고 하면 금방 '느티나무'를 떠올린다. 물론, 느티나무(Zelkova serrata)는 '괴목'이라는 이름 이외에도 '규목'(槻木)이나 '거'(欅)나 '궤목'(櫃木)이나 '광엽거'(光葉欅)나 '계유'(鷄油) 등의 한자 이름을 지니고 있다.

그렇기에 내 나름으로 두 나무의 구별 방법을 생각해 냈다. 두 나무는 아주 다른 나무인데, 문맥상으로 보아서 꽃이나 열매를 말하고 있다면 그건 '회화나무'를 가리킨다고 본다. 그러나 나무의 목재를 말하고 있다면 '느티나무'라고 보는 게 타당하다. 그래서 한문으로 '괴'(槐)나 '괴화'(槐花)는 '회화나무'이고 '괴목'(槐木)이라고 하면 '느티나무'로 여긴다.

중국에서는 회화나무를 '출세를 상징하는 나무'로 귀하게 친다. 그야말로 '상서로운 나무'이다. 그렇기 때문에 회화나무가 들어가는 한시도 많다. 그중에 왕유(王維)의 '응벽지(凝碧池)라는 한시 일부를 살펴본다.

萬戶傷心生野煙(만호생심생야연)
- 온 백성이 맘 다치고 들녘에 연기 가득한데
百宮何日再朝天(백궁하일재조천)
- 만조백관이 언제 다시 천자 앞에 나아갈까.
秋槐花落空宮裡(추괴화락공궁리)
- 주인 없는 궁궐에 가을 회화나무 잎은 지고

凝碧池頭奏管絃(응벽지두주관현)
- 응벽지라는 못 가에서 관현악기 소리 요란하다.

위의 한시에서 '괴화'(槐花)라고 했다. 그러니 단박에 누구든지 '회화나무'를 가리킨다는 것을 알 수 있다. '괴화'를 '회화나무의 꽃'이라고 볼 수도 있겠으나, '가을'이라고 했으니 '괴화' 자체를 회화나무로 보아서 '잎이 떨어진다.'라고 보면 더욱 흥취가 난다. '왕유'(王維, Wang Wei)는 중국 당나라 때의 시인이다. 자(字)는 마힐(摩詰)인데, 9살 때부터 이미 문학적 재능을 보였다고 한다. 721년에 진사 시험에 급제한 후에 벼슬살이하였다. 756년, 급사중(給事中)으로 있을 때에 안녹산(安祿山)의 반란군에게 사로잡혀서 반란군의 수도인 뤄양(洛陽)으로 끌려가기도 했다. 특히 육조시대(六朝時代) 궁정 시인의 전통을 계승한 시인이라 하여 장안 귀족사회에서는 꽤 이름이 알려졌다고 한다.

또 하나. 정철의 '구포만흥'(區浦漫興)이라는 한시 중에는 '괴화맥상번선집'(槐花陌上繁蟬集)이라 시구가 들어 있다. 여기에서도 '괴화'는 '회화나무 꽃'을 이르는 게 아니라 '괴화' 자체가 '회화나무'를 가리킨다고 보아야 옳다. 매미는 꽃에 모여들지 않는다. 나무줄기나 나뭇가지에 모여든다. 그 때문에 '길 위의 회화나무에 매미들 모여 있고'라고 풀이하면 될 성싶다.

회화나무는 꽃이 중요하다. 회화나무의 꽃인 '괴화'(槐花)는 귀한 약재이다. 절대 화려하지 않은 이 꽃에는, 루틴(rutin)이라는 물질이 들어 있다고 한다. 이는 모세혈관 강화작용이 있다고 알려졌다. 고혈압을 예방하고 지혈제로 쓰이며 진경이나 소종의 효능도 있어서

'혈병' '토혈' '대하증' 등에 치료약으로 사용된다.

이렇게 귀한 꽃이니 그 이름이 많을 수밖에 없다. 회화나무의 아직 안 핀 꽃봉오리를 '괴미'(槐米)라고 부른다. 그 모습이 쌀과 비슷하게 생겼기 때문이다. 하지만 일단 꽃이 피면 그때는 '괴화'(槐花)라고 부른다. 특히 '괴화'를 '괴황'(槐黃)이라고 부를 때가 있다. 그것은 바로 '괴화'가 염료로 사용될 때이다. 종이를 노랗게 물들이는 물감으로 이용된다. 게다가 '괴화'는 말려서 차(茶)의 대용품으로 쓰기도 했다는 이야기가 전한다. 또, 회화나무에는 버섯이 생기는데, 그 이름을 '괴이'(槐耳) '괴아'(槐蛾) '괴균'(槐菌) 등으로 불렀다. 이 역시 약의 원료로 사용했다고 전한다.

약재라고 하면 회화나무의 열매도 빠지지 않는다. 회화나무의 열매는 '괴실'(槐實)이나 '괴각'(槐角) 등으로 부른다. 이는 강장제로서 효과가 있으며 지혈(止血)이나 양혈(凉血) 등의 효능이 있어서 '토혈' '각혈' '혈변' '혈뇨' '장염' 등의 치료제로 쓰인다고 한다. 열매는 완전히 익은 다음에 채취하여 햇빛에 말려서 꼭지를 딴 후에 사용한다. 어느 경우에는 생 열매의 즙을 내어서 먹기도 하는데, 그 수액을 '괴교'(槐膠)라고 하여 신경 계통의 마비를 고치는 약으로 써 왔다고 한다.

한 마디로 회화나무는 '점잖은 나무'이다. 어쩐지 믿음직스럽고 학식도 많은 것 같다. 그래서 중국 사람들은 이 회화나무를 '학자수'(學者樹)라고 부른다. 중국에서는 예로부터 집에 이 회화나무를 심어야 그 집안에서 큰 학자나 인물이 태어난다고 믿었다. 그래서 일명 '출세수'(出世樹)라고도 불렀다고 전한다. 게다가 이 나무가 행복을 가져온다고 하여 '행복수'(幸福樹)라고도 부른다니, 회화나무의 사랑이 참으로 크다고 아니할 수 없다.

　회화나무 중에는, 가지가 드리워지는 능수회화나무(*var. pendula*)가 있는가 하면, 멋지게 원기둥 모습을 보이는 세관(細冠)회화나무(*var. columnaris*)도 있다. 그뿐만 아니라, 외국에는 상록성인 회화나무도 있다고 한다.

소나무를 찾아서

(1) 기행에 대하여

6월로 접어들고 나서 우리는 다시 천연기념물 나무를 만나러 갈 생각에 들떴다. 이번에는 속초의 설악동 입구에 있는 천연기념물 제351호인 소나무를 만나러 가기로 되어 있다. 게다가 나무 탐방을 겸하여 '속초 시인'인 이성선 시인의 생가를 방문하기로 했다. 그가 태어난 곳은 설악산 인근인 고성군 토성면 성대리이다.

이성선 시인은 우리와는 대학에서 동문수학한 사이이다. 그는, '우주와 인간의 친화를 도모함으로써 한국 서정시의 새 지평을 연 시인'으로 높이 평가받고 있었으나, 안타깝게도 2001년 5월에 홀연히 타계했다. 그의 생가가 있는 성대리 마을에는 그의 시비가 세워져 있는데, 그 시비에는 '미시령 노을'이라는 그의 아름다운 시 한 편이 새겨져 있다.

9일 아침 9시 30분, 우리는 전과 같이 제기동 전철역 1번 출구 앞에서 만났다. 그리고 서둘러서 속초로 향했다. 차를 달려서 홍천과 인제를 거쳐서 미시령을 넘었고 곧바로 고성군 토성면 성대리에 있는 이성선 시인의 생가를 찾았다. 우리는 그의 생가를 둘러보고 시비 앞에서 그의 명복을 비는 묵념을 올렸다. 그런 다음, 사진도 찍고 그곳의 별미인 '동치미 막국수'도 맛보았다. 그러나 그가 살아 있었다면 얼마나 반가워했을까.

그곳을 떠나서 우리는 다시 차를 설악동으로 급히 몰았다. 그곳에서 '현재 속초에 사는 동문 한 사람'을 만나기로 되어 있었다. 마음이 급했다. 서둘러 가니, 설악산 입구에 그가 서 있었다. 이게, 10년 만의 만남인가, 20년 만의 만남인가? 우리는 뜨겁게 손을 덥석 잡았다.

그는 앞장서서 우리를 안내했다. 그 소나무는 설악동으로 들어가는 입구에 마치 문지기처럼 서 있었다. 키는 16미터쯤 되어 보였고 가슴 높이 줄기 둘레는 4미터가 넘는 성싶었다. 나이는 500살이란다. 양팔을 벌리고 있는 모습인데, 밑동에 두툼한 살이 붙어 있음으로써 마치 바지가 흘러내린 성싶은 느낌이 들었다. 1987년에 이 나무의 썩은 부위를 도려내는 수술을 했다고 하니, 아마도 그 상처 자국이 아닐까. 원래는 땅으로부터 2.5미터 높이에서 세 가지로 갈라졌으나, 그중에 두 가지는 말라죽고 겨우 한 가지만 살아남았다고 한다. 그런 아픔을 지니고도 익살맞다! 그래서 우리를 한 발짝 더 다가서게 하였다. 예전에는 장수를 기원하는 돌무더기가 이 소나무 주변에 많이 쌓여 있었다고 한다. 하지만 지금은 나지막하고 가지런하게 돌로 축대를 쌓아 놓았다. 차라리 전처럼 그대로 두는 게 정감이 있지 않았을까 한다.

우리나라에는 천연기념물로 지정된 소나무들이 많다. 예컨대 충북 보은군 법주사로 들어가기 전의 300미터 지점에는 천연기념물 제103호인 '정2품송'이 있다. 이 속리의 정2품송은 그 이름에서도 알 수 있듯이 벼슬을 받은 나무이다. 잘 알려진 바와 같이, 1464년에 세조가 법주사로 행차할 때에 타고 가던 가마가 이 소나무의 아래 가지에 걸릴 것 같았기에 세조는 "연이 걸린다."라고 크게 소리쳤는데 그 말을 듣고 소나무가 얼른 가지를 들어 올렸다고 한다. 이쯤 되면, 벼슬을 안 내릴 임금이 있겠는가. 나이가 600살은 넘었다고 추정된다.

이 소나무가 이처럼 명목이라, 사람들은 이 나무의 배필을 정해 주었다. 그 소나무는 보은군 외속리면에 있는 '속리 서원리의 소나무'이다. 천연기념물 제352호인 이 소나무는 서원 계곡 산자락 쪽의 길가에 서 있다. '정2품송'은 외줄기여서 남편이고 '서원리 소나무'는 줄기가 크게 2개로 갈라져 있어서 부인이라고 한다. 그럴듯하게 잘 가져다 붙였다.

그런가 하면, 토지를 소유한 소나무도 있다. 다름 아닌, 천연기념물 제294호인 '예천 감천면의 석송령'이다. 이 소나무는 자그마치 6600평방미터의 땅을 가지고 있는데 놀랍게도 토지대장에 그 이름 '석송령'이 기재되어 있으며 해마다 재산세도 내고 있단다. 전해 오는 말에 의하면, 약 600년 전에 홍수가 났을 때에 석간천(石澗川)을 따라서 떠내려 오던 소나무를 한 나그네가 건져서 거기 심었는데, 그로부터 얼마의 세월이 흐른 후에 이 마을의 이수목(李秀睦)이란 사람이 이 나무를 신성한 나무로 여겨서 '석송령(石松靈)'이라는 이름을 지어 주고 자기 소유의 토지를 이 나무 이름으로 상속 등기하였다고 한다. 이 또한 멋진 일이다.

그뿐만이 아니다. 우리와 기쁨이나 슬픔을 함께한 역사적 소나무들도 있다. 즉, 천연기념물 제359호인 '의령 성황리의 소나무'는 우리와 기쁨을 함께한 소나무이다. 이 소나무는, 일제 강점기 때에 '서로 떨어져 있는 두 가지가 마주 닿으면 광복이 된다.'라는 말이 있었는데, 두 가지가 마주 닿게 된 후에 정말로 광복이 되었다고 한다. 그리고 천연기념물 제349호인 '영월의 관음송'은 우리에게 슬픔을 전하는 소나무이다. 이 소나무는 영월군 광천리의 청령포 안에 자리 잡고 있다. 이곳에서 유배생활을 하던 단종(당시는 노산군)이 관음송의 갈라진 나무줄기 사이에 올라앉아서 시름을 달랬다고도 한다. 그 이름의 '관음' 중, '관'(觀)에서 그 슬픈 모습을 보게 되고 '음'(音)에서 그 슬픈 한숨 소리를 듣게 된다.

또, 천연기념물 제289호인 '합천 묘산면의 소나무'는 '영창대군과 함께 역적으로 몰린 연흥부원군 김제남'에 관한 설화를 지녔고, 천연기념물 제290호인 '괴산 청천면의 소나무'는 신목(神木)으로 그 모습이 용틀임을 하는 것 같다고 하여 사람들로부터 '용송'(龍松)이라는 이름을 얻었다. 그 외에도 천연기념물로 지정된 '금강송'과 '반송' 및 '처진소나무' 등이 우리나라에 더 있으나 여기에서 소개는 생략하기로 한다.

(2) 소나무에 대하여

소나무(*Pinus densiflora Sieb. et Zucc.*)는 상록침엽교목이다. 여기에서 '상록'(常綠)이란 '나뭇잎이 일 년 내내 늘 푸름'을 나타내는 말이고, '침엽'(針葉)이란 '잎이 바늘처럼 가늘고 길며 끝이 뾰족함'을 가리키는 말이다. 정확하게는 '침상엽'(針狀葉)이다. 그리고 '교목'(喬木)이란 '줄기가 곧고 굵으며 높이 자라는 나무'라는 뜻이다.

소나무의 한자명은, '육송'(陸松) '송'(松) '여송'(女松) '적송'(赤松) 등이다. 다시 말해서 '주로 내륙지방에서 자라기 때문'에 '육송'이요, '나무 중에서는 작위를 받을 만한 나무이기 때문'에 '송'이요, '잎이 여자처럼 부드러움을 나타내기 때문'에 '여송'이요, '나무줄기가 붉은빛을 나타내기 때문'에 '적송'이다.

원래 '소나무'는 '솔나무'라고 불렀단다. '솔'이란, '솔솔 부는 봄바람'에서 왔다고 해도 되겠다. 아니, 어쩌면 때나 먼지를 쓸거나 닦을 때에 사용하는 '솔'을 연상하여 그런 이름이 붙었을 수도 있겠다. 그런데 어떤 이는, '솔'이 '위에 있는 높고 으뜸의 의미'라고 한다. 그리고 거기에 '나무'라는 말이 붙었단다. 그런가 하면, 아주 먼 옛날에 '수리'는 '나무 중에서 우두머리'라는 뜻이었단다. 그 '수리'가 '술'로 되었고 '술'이 다시 '솔'로 변했다고도 한다.

'적송'(赤松)이라는 이름은, 일본에서 부르는 이름이기도 하다. 그들은 줄기의 빛깔이 붉다고 하여 그렇게 부른다. 일본 발음으로는 '아까마쯔'(アカマツ)이다. 일본 말로 '마쯔'란 '기다린다.'라는 뜻이라고 한다. 그러니 '붉은 기다림'이라고나 할까. 누구를 기다리는 붉은 마음인가? 그러므로 앞으로는 '적송'이란 말 대신에 '조선소나무'라는 이름을 정확하게 사용하는 게 좋을 듯싶다.

왜냐하면, 우리나라에는 소나무가 아주 흔하기 때문이다. 소나무는 일본에도 있지만, 중국 본토에는 없다. 만주에만 있다. 물론, 구미 각국에도 우리나라의 소나무는 없다. 또, 우수리 등지에는 있지만, 시베리아 지방에는 없다. 그러니 이 소나무를 '조선소나무'라고 해도 될 터이다.

소나무 잎은 한 다발에 2개씩 달리는 게 일반적이다. 그러나 나무에 따라서는 간혹 3개나 4개가 한 다발로 달리기도 한다. 특히 어린나무의 경우에는 그런 일이 더 잦다. 비틀리는 모습이고 밑 부분에 '겨울눈을 싸고, 뒤에 꽃이나 잎이 될 연한 부분을 보호하는 비늘조각'인 '아린'(芽鱗)이 있다. 잎의 수명은 2년 정도이다. 특히 소나무의 어린잎은 '당뇨병'에 효능이 있다고 한다. 그러나 나는

'소나무갈비'를 제일 좋아한다. 이는, '연료로 쓰는 소나무 잎'을 가리킨다. 어렸을 적에 시골의 부뚜막에서 어머니가 솔잎으로 밥을 지으실 때의 그 향기라니! 그 향긋함을 지금도 잊지 못한다. 이 '소나무갈비'는 부뚜막에서 불을 지피면 불의 힘이 좋고 그 힘을 조절하기도 쉽다. 그래서 예전의 어머니들은 이 '소나무갈비'를 가지고 맛있게 밥도 지을 수 있었고 국도 끓일 수 있었다.

소나무는 '암꽃과 수꽃이 같은 그루 위에 생기는' 일가화(一家花)이다. '수꽃이 피는 꽃이삭'인 '웅화수'(雄花穗)는 새 가지의 밑 부분에 달리는데 길둥근 모양이다. 또, '암꽃이 피는 꽃이삭'인 '자화수'(雌花穗)는 새 가지 끝에 달리고 알꼴(卵形)이다. 서로 다른 곳을 향하고 있다. 소나무도 근친혼(近親婚)을 스스로 피하고 있기 때문이다. 그래서 암꽃과 수꽃이 피는 시기도 약 10일 정도 차이가 난다. 소나무는 5월에 꽃을 피우는데, 그때면 그 꽃가루가 시골집의 툇마루까지 노랗게 덮어 버린다. 이 꽃가루를 가리켜서 '송홧가루'라고 한다. 이 송홧가루는 '나비의 날개처럼 양쪽에 동그란 공기주머니'가 달려 있다. 그래서 날씨만 좋으면 수천 킬로미터까지 날아갈 수 있다고 한다. 어렸을 때에는, 이 송홧가루를 모아다가 꿀이나 조청에 섞어서 '다식'(茶食)을 만들어 먹었다. 이 '송화다식'은 잔치 때에 없어서는 안 될 음식이기도 했다. 아, 그 기억이 아련하다.
먼 곳에서 꽃가루가 날아와서 암꽃에 앉으면 가루받이가 이루어진다. 그리고 수정된 암꽃은 그 이듬해 가을에 황갈색으로 익으며 두꺼운 비늘이 나선 모양으로 자리 잡고 끝에 바늘을 지닌다. 이를 우리는 '솔방울'이라고 부르는데 학술적으로는 '구과'(毬果)라고 한다. 열매의 비늘조각은 70~100개이다. 잘 익으면 이 비늘조각들이 스스로 열려서 씨가 날아가게 된다. 씨는 '연한 갈색 바탕에 흔히 흑갈색 줄이 있는' 날개를 지니고 있다.

소나무 나무껍질은 갈라져서 마치 가뭄에 갈라진 논바닥을 보는 듯싶다. 이 또한 자구책이 아닐까 한다. 충격에도 견디고 추위에도 견디며, 맛도 없으니 동물의 피해도 줄일 수 있다. 그러나 사람들은 이 나무껍질을 벗겨다가 가공품을 만드는가 하면 그 안쪽의 흰 껍질인 '송기'(松肌)를 벗겨다가 이른바 떡을 만들어 먹기도 했다. 부끄러운 일이다. 소나무의 나무껍질은 붉은빛이 일반적이지만 아랫부분은 흑갈색을 띠고 위쪽만 붉은빛을 띠는 경우도 있다.

소나무는 곧고도 힘차게 뿌리를 잘 뻗는다. 직근(直根, 곧은뿌리)이다. 지하수가 있는 곳까지 길게 뻗어 내린다. 그렇다고 작은 뿌리가 없는 게 아니다. 이 뿌리들은 소나무가 죽은 다음에도 우리에게 이로움을 준다. 즉, 소나무가 죽고 나면 그 뿌리에 '북령'(茯苓)이라는 버섯이 기생한다. '복령'은 오래 묵은 소나무에서만 볼 수 있다. 균이 뿌리로 들어가서 공생을 하게 되면 그곳이 혹과 같은 모양으로 된다. 물론, 어린 소나무 뿌리에도 이 버섯 균이 들어가서 살고 있지만, 뿌리에 혹을 만들지 않는다. 반드시 늙은 소나무 뿌리에서만 '복령'을 볼 수 있다. 이를 다른 이름으로는 '복토'(伏兎)라고도 한다. 이는 그 모양이 '토끼'를 닮았다고 하여 붙여진 이름이다. 이 '복령'은 신장(腎臟)의 아픔을 다스리는 효과가 있다고 한다. '복령'은 때로 '소나무 뿌리'를 그 속에 넣어서 둘러싸기도 한다. 그 소나무 뿌리를 '황송절'(黃松節)이라고 부른다. 이를 또한 약으로 쓴다. '황송절'을 다른 이름으로는 '신목'(神木)이라고 부른다. 그 효과는 '복령'과 같다고 전한다.

이처럼 소나무는 우리와 밀접한 관계를 지니고 살아왔다. 그러니 소나무에 대한 문학작품도 많을 수밖에 없다. 옛날의 작품으로 소나무에 관한 작품을 살펴본다. 다음은 조선조 때의 사람인 이후백(李後白)의 '탑반송'(塔畔松)이라는 작품이다.

一尺靑松塔畔栽(일척청송탑반재)
 - 한 척의 푸른 소나무를 탑 옆에 심으니
塔高松短不相齊(탑고송단불상제)
 - 탑은 높고 소나무는 낮아서 서로 가지런하지 않다.
傍人莫怪靑松短(방인막괴청송단)
 - 사람들이여 푸른 소나무가 낮다고 이상하게 여기지 마라
他日松高塔反低(타일송고탑반저)
 - 뒷날에는 소나무가 높고 도리어 탑이 낮을 테니.

놀랍게도 이 한시(漢詩)는, 이후백이 12살 때 지은 작품이라고 한다. 이후백은 조선 명종에서 선조에 걸친 시기에 살면서 이조판서까지 지낸 사람이다. 그가 어렸을 때 이처럼 멋진 한시를 지었으니, 하물며 어른들이 지은 소나무에 대한 시는 더 말할 필요가 없다고 하겠다. 소나무에 대한 애정이 어찌 문학작품에서만 피어났겠는가. 그림에서도 소나무는 많이 그려졌다. 그중에 불현듯 생각나는 게 '세한도'이다. 모두 알다시피 세한도(歲寒圖)는 추사(秋史) 김정희(金正喜)가 그린 그림이다. 이 그림 속에는 소나무(松) 외에도 잣나무(柏)의 그림이 들어 있다. 다시 말해서 '세한도'는 추사가 '윤상도'의 '옥(獄)'에 관련되어 제주도에서 귀양살이하고 있을 때인 1844년에 그렸다고 한다. 그 당시 그의 제자인 역관 이상적(李尙迪)이 중국에서 구한 2권의 책(晩學과 大雲)을 그에게 보내주었다. 그에

대한 답례로 추사는 이 그림을 이상적의 인품을 소나무와 잣나무에 비유해서 그려 주었다고 한다.

소나무에도 변종이나 품종들이 여럿 있다. 소개하자면, 미끈한 모습을 지닌 금강송(金剛松, *for. erecta*)이 있고, 밑 부분에서 굵은 가지가 갈라지는 반송(盤松, 多幸松, 萬枝松, *for. multicaulis*)이 있으며 가지가 밑으로 늘어지는 처진소나무(*for. pendula*)가 있고, 잎의 빛이 노란 금빛을 나타내는 황금소나무(*var. aurea*)가 있으며, 보아서 양산 모양을 보이는 산송(傘松, *for. umbeliformis*)도 있다.

학명에 'var'가 붙으면 '변종'이고 'spp'가 붙으면 '아종'이며 'subgen'이 붙으면 '아변종'이고 'for' 또는 'f'가 붙으면 '품종'이다. 그리고 'subfor'가 붙게 되면 '아품종'을 나타낸다.

느티나무를 찾아서

(1) 기행에 대하여

7월로 들어서자 단비가 내렸다. 그리고 맑게 갠 7월 7일, 우리는 다시 천연기념물 나무를 만나러 가기 위해 마음이 바빴다. 이번의 목표는 천연기념물 제280호인 김제 봉남면의 느티나무이다. 우리는 당일 아침 9시 30분에 전처럼 1호선 전철 제기역 1번 출구 앞에서 만났다. 이번에는 고등학교 동창인 동곡(東谷) 송재욱(宋在郁) 형과 동행하기로 했다.

동곡 형은 고향이 김제이다. 고등학교 재학 시절에는 그의 시골집을 방문하여 부모님께 인사도 드렸다. 게다가 그는 고향인 금산사 입구인 금평저수지 부근에 '동심원'(同心圓)이라는 사설 공원을 만들어 놓았다. 그래서 천연기념물을 만나보기 전에, 먼저 동심원을 둘러보기로 했다. 그는 천연기념물이 있는 위치를 자신이 잘 안다고 했다. 동심원을 들른 다음에 자신이 안내하겠다는 말도 잊지 않았다. 그러니, 이번의 탐방은 '누워서 떡 먹기'였다.

정말이지, 동곡 형은 유명인사다. 그 지방에서는 이름만 대면 모두 안다. 그의 독도 사랑이 얼마나 뜨거운지, 그는 가족 모두의 본적을 독도로 옮겼다. 1987년 11월의 일이다. 그리고 그는 항상 바쁘다. 그런데도 나의 제의에 선뜻 동행해 준 게 참으로 고맙다.

우리는 서둘러 차를 몰았다. 고속도로를 달리고 국도를 한참 달리니, 멀찍이 제비산(帝妃山)이 바라보였다. 그 산자락에 '동심원'이 자리 잡고 있다고 했다. 보기에도 범상치 않은 산이다. 신비한 기운이 감도는 성싶었다.

마침내 '동심원'이라는 표지판이 나타났다. 차에서 내린 동곡은 앞장서서 산길을 올랐다. 동심원의 넓이는 얼마나 될까? 내가 듣기로는 5000평이 넘는다는데---. 공원 안으로 들어서자, 여기저기에 석물들이 서 있다.

그 하나하나가 보통 물건들이 아니다. 늘어서 있는 기암괴석에 정신을 빼앗기고 걸어가는데, 화강암의 석비에 '靑泉洗心'이라는 휘호가 새겨져 있다. 다가가서 보니, '爲 宋在郁 同志, 海葦'라는 친필 서명이 눈에 띈다. '해위'라니? '해위'(海葦)는 바로 제2공화국 윤보선 대통령의 아호가 아닌가!

동곡을 따라 더욱 위쪽으로 올라갔다. 멋진 누각이 자리 잡고 있다. 그 이마에 '동심루'라는 현판이 붙어 있다. 신발을 벗고 옷깃을 바로 여민 다음에 그 안으로 들어섰다. 앞을 바라다보니 금평저수지가 손에 잡힐 듯이 펼쳐져 있었다. 그 곳 조금 더 위에는, 그 공원의 가장 중요한 사항을 이루는 '朝鮮領土回復祈願碑'가 서 있다. 이 '비'(碑)는 우선 그 크기부터 보는 사람을 압도한다. 나는 금방 옛 고구려 영토를 떠올렸다.

우리는 그곳에서 기념촬영을 한 다음, 동곡 형을 따라서 천연기념물 탐방에 나섰다. 그런데 놀랍게도, 봉남면이 바로 동곡 형이 살던 곳이다. 게다가 그 느티나무는 동곡 형이 살던 마을에 있단다. 어릴 때에는 그 나무 위로 올라가서 놀기도 했다고 한다.

눈을 몇 번 깜박거리는 사이에 벌써 차는 그 마을에 도착했다. 나무의 풍채가 어찌나 좋은지, 멀찍이 서서 봐도 천연기념물임을 금방 알 수 있었다. 키는 15미터쯤 되어 보였고 가슴 높이 줄기 둘레는 8.5미터는 되는 성싶었다. 나이는 600살이란다. 땅에서 5미터쯤 되는 곳에서 가지가 갈라졌다. 특히 줄기 밑의 부분이 울퉁불퉁 기묘한 모습을 나타낸다. '지하에서 지상으로 뿜어져 나오는 춤!'이라고나 할까. 동네 사람들은 해마다 정월 보름날이면 나무에 동아줄을 매어 놓고 줄다리기로 마을의 안녕과 각자의 소원을 빈다고 한다. 그 옆에는 정자 하나가 세워져 있다. 예전에는 '익산대'(益山臺)라고 하였는데, 지금은 '반월정'(半月亭)이라고 부른다든가? 아무튼 그 쉼터에 때마침 마을 노인 몇 분이 나와 앉아서 한담을 나누고 있었다.

물론, 우리나라에는 천연기념물로 지정된 느티나무가 많다. 아마도 여기의 느티나무는 나이로 쳐서 네 번째의 나무일 듯싶다. 가장 나이가 많은 느티나무는 천연기념물 제278호인 양주 남면 느티나무라고 생각된다. 추정 나이는 850살이다.

그러나 키는, 그 다음의 나이배기로 여겨지는 '800살 추정의 천연기념물 제382호인 괴산 장연 오가리 느티나무'가 더 크다. 양주 느티나무는 21미터 정도이고, 괴산 느티나무는 25미터나 된다. 세 번째의 어른나무는 천연기념물 제275호인 안동 녹전면 느티나무가 아닐까 한다.

나이는 700살 정도이고 키는 자그마치 32미터나 된다. 그리고 그 다음에는 김제 봉남면 느티나무와 동갑내기인 담양 대전면 느티나무(천연기념물 제284호)와 남원 보절면 느티나무(천연기념물 제281호)를 꼽을 수 있다. 이 세 나무 중에서 키는, 담양 느티나무가 제일

크고 그 다음이 남원 느티나무이다.

(2) 느티나무에 대하여

느티나무(*Zelkova serrata*)는 낙엽활엽교목이다. 여기에서 '낙엽'(落葉)이란 '가을에 잎이 떨어진다는 뜻'을 나타내는 말이다. 이는, 일종의 생리현상이며 낙엽수에서는 한기(寒期)나 건조기(乾燥期) 등의 불리한 환경에 대한 적응이라고 볼 수 있다. 그리고 '활엽'(闊葉)이란 '넓고 큰 잎사귀'를 가리키는 말이며, '교목'(喬木)이란 '줄기가 곧고 굵으며 높이 자라는 나무'라는 뜻이다. 큰키나무이다. 다시 말해서 '교목'(arboreous)은 키가 2.5미터 이상으로 크는, '거목'(巨木)의 기질이 있다는 말이다.

느티나무의 한자명은 '괴목'(槐木) '규목'(槻木) '거'(欅) '궤목'(樻木) '광엽거'(光葉欅) 그리고 '계유'(鷄油) 등이다. 참으로 아리송하다. '규'(槻)라는 글자는 '물푸레나무'를 가리키는 말로 알고 있는데, 느티나무를 '규목'(槻木)이라고 한다니 혼란스럽다.

그리고 '궤'(樻)는 '마테나무 궤' 또는 '영수목(靈壽木) 궤'라고 되어 있다. '마테나무'란 어떤 나무일까? 궁금하다. 혹시 감탕나무과의 '마테나무'(*Ilex paraguariensis*)는 아닌지 모르겠다. 그리고 '영수목'(靈壽木)이란 어느 나무일까? 찾아보니 '임금에게서 받은 지팡이' 또는 '대나무 비슷하고 마디가 있다.'라는 내용만 나온다. '거'(欅)는 사전에 '느티나무 거'라고 나와 있으나 '팽나무'를 나타낼 때가 많다고 한다.

그런가 하면 '광엽거'는 '중국에서 우리나라 느티나무를 부르는 이름'이라고 하며 '계유'는 '한의학에서 느티나무 잎을 가리키는 이름'이라고 한다. '규'(槻)는 '물푸레나무 규'라고 되어 있다. 그래서 '규목'(橰木)이라는 글자를 쓰기도 하는데, 여기에서 '규' 자는 '나뭇 가지가 아래로 처지는 모습을 나타내는 글자'이다. 오래된 느티나 무는 곁가지가 멀리 퍼지고 그 곁가지에서 작은 가지들이 다시 많 이 돋아서 아래로 드리우기 때문이란다. 이는 좀 궁색한 설명이다.

그러고 보면 '괴'(槐)라는 글자가 가장 친밀하게 다가오는데, 사전 을 찾아보면 '홰나무 괴'로 나와 있다. '홰나무'를 찾아보니 학명이 'Sophora japonica'로 되어 있다. 이는 바로 '회화나무'가 아닌가. 실제로 회화나무를 괴'(槐)라고 한다. 그러나 내가 생각하기에, '괴 목'(槐木)이라고 하면 느티나무를 가리키는 것 같고, '괴화'(槐花)나 '괴실'(槐實)이라고 하면 회화나무를 가리키는 것 같다.

'느티나무'라는 이름은, '늦홰나무'가 변하여 '느티나무'로 되었 다고 한다. '늦홰나무'에서 '늦'은 원래 '느끼다'라는 말의 '줄임말' 이라고 한다. 그래서 '늦홰나무'는 '둥그스름한 느티나무의 겉모양 새가 홰나무를 닮은 나무'라는 의미이다. 앞에서 설명했듯이, 홰나 무란, '회화나무'를 가리킨다. 우리나라에서 볼 수 있는 회화나무 는 중국 대륙이 원산지이다.

그래서 어떤 사람은 '늦회'가 변하여서 '느티'가 되었다고 여긴 다. 이 때 '늦'은 '늦기다'는 옛말의 줄임말로 보아서 '둥그스름한 느티나무의 바깥 모양새가 회나무와 같은 느낌이 오는 나무'라는 뜻이라고 한다. 회나무(Euonymus sachalinensis)는 낙엽관목(落葉灌木) 이다. '관목'이란, '일반적으로 사람의 키보다 작고 원줄기와 가지 의 구별이 확실하지 않은 나무'를 이른다. 혼란스럽다.

느티나무는 무엇보다도 정자나무로 유명하다. 동구 밖에서 고향 을 지키고 서 있는 나무가 바로 느티나무이다. 한여름에 그 그늘

밑으로 들어가면 시원하기가 이를 데 없다. 자리라도 깔고 누워 있으면 매미가 자장가를 불러 준다.

매미의 노랫소리는 좀 시끄럽기는 해도 멋이 있다. 좋은 목청을 지닌 매미들! 그 노랫소리를 들으면 그 매미가 어떤 종류인지 금방 알 수 있다. '민민'하고 노래하면 그건 참매미이다. 힘차게 '쐐쐐' 하고 노래하면 그건 말매미이다. 그리고 털매미는 '씽씽씽'하고 노래하고 유지매미는 '찌찌'하고 노래한다. 매미 중에서도 가장 듣게 노래를 부르는 친구는, 아무래도 쓰르라미라고 할 수 있다. 우리가 듣기에는 '쓰르람쓰르람'이라고 노래한다. 그런데 듣기에 따라서는 '이이씨용 이이씨용---찌르르'라고 듣거나 '찌이용 찌이용 찌이용 ---찌찌찌'라고 듣거나 '이이창 이이창 이이이창---찌르르르'라고 듣는다.

정자나무는 아무 나무나 되는 게 아니다. 첫째는 가지가 사방으로 고루 뻗어야 한다. 둘째는 잎이 깨끗하면서도 우거져야 한다. 셋째는 수관(樹冠)이 빽빽하여야 한다. '수관'(crown)이란, '나뭇가지나 잎이 무성한 부분'을 가리킨다. 즉, '나무의 둥치를 뺀 가지와 잎 부분'을 말한다. 넷째는 나무줄기가 위엄과 품위를 지니고 있어야 한다. 그리고 다섯째는 수형이 단정해서 원만한 기품을 보여야 한다. 이러한 조건을 모두 갖춘 나무가 느티나무이다. 그러니 나무 중의 나무가 아니겠는가.

잎은 난상피침형(卵狀披針形)이다. 여기에서 '난상'이란 '달걀처럼 생긴 알꼴'이라는 말이며 '피침'이란 '장타원형보다 좁고 양쪽이 뾰족하게 된 모양'이라는 뜻이다. 또 잎의 밑은 둥글고 오른쪽과 왼쪽이 같지 않으며 얕은 심장 모양을 지닌다. 잎의 가장자리에는 톱니가 있다. 줄기 위쪽의 잎은 작고 털이 없으나 아래 가지의 잎은 양면에 털을 가진다. 주맥에서 양옆으로 뻗어 나간 잎맥은 우상(羽狀, pinnate)이다. '우상'이란 '주축에 양측으로 같은 크기와 간격이 되게 편평하도록 어떤 구조가 붙거나 갈라져서 깃털 모양이 된 것'을 이른다. 잎은 어긋나고 가을이 되면 '황금색이나 윤기 있는 구릿빛'으로 물든다.

꽃은 4월부터 5월에 걸쳐서 핀다. 자웅동주(雌雄同株), 즉 암수한그루이다. 수꽃은 햇가지 밑에 모여 달린다. 갈라진 화피(花被, perianth)가 있다. '화피'란 '꽃의 생식기관을 둘러싸고 있는 영양기관'을 가리킨다. 밖의 외화피인 꽃받침과 안쪽의 내화피인 꽃잎으로 분화된다. 이 둘이 분화되지 않을 때, 이를 구성하는 낱장을 '화피편'(花被片, tepal)이라고 부른다. 수술은 4~6개이다. 암꽃은 햇가지 윗부분에 1개씩 달린다. 암술은 둘로 갈라진 암술대를 지닌다. 한 마디로 꽃은 내세울 게 없다.

열매는 그 해의 10월경에 익는다. 좀 일그러진 콩팥 모양이다. 딱딱한데 크기는 작은 팥알 정도라고 할까. 이 열매도 관심을 받지 못한다. 옛 문헌에 '괴'(槐)의 열매가 건강에 좋다는 언급이 있기는 하나, 내 생각에 그 '괴'(槐)는 회화나무의 열매를 가리키는 성싶다. 나무껍질은 어릴 때에는 회갈색으로 매끄러우며 숨구멍이 '짧은 점선'처럼 보인다. 그러나 나이가 들면 비늘처럼 떨어지는데 그 자리가 황갈색이다.

목재라면 느티나무도 빛난다. 느티나무의 목재는 결이 곱고 황갈색을 내보인다. 그리고 조금 반질거리고 잘 썩지 않으며 벌레도 끼지 않는다. 그뿐만 아니라, 잘 다듬어지고 무늬가 아름답게 나타난다. 큰 나무로 자랄수록 아름다운 무늬를 나타내고 광택도 더 난다. 말려도 잘 갈라지지 않고 덜 비틀어지며 쓸리거나 두드려도 잘

견딘다. 목재로 단연 으뜸이다. 고급 가구를 비롯하여 '악기' '현판' '조각' '상감' '세공' '선박' '목형' 등을 만든다.

경남 의령군으로 가면 '현고수'(懸鼓樹)라는 역사적인 느티나무가 있다. 1592년 임진왜란 당시, 의병대장 곽재우가 이 느티나무에 북을 걸어 놓고 의병들을 훈련했다고 한다. 몇 년 전에 나도 문우들과 함께 문학기행을 그곳으로 간 적이 있는데, 그 가지가 북을 매달아 놓기에 안성맞춤이었다. 느티나무에 대한 문학작품을 살펴보았다. 다음은 이곡(李穀, 1298~1351) 선생의 '도중피우유감'(途中避雨有感)이라는 칠언절구의 한시이다.

甲第當街蔭綠槐(갑제당가음록괴)
– 거리의 잘 지은 집이 푸른 느티나무 그늘에 가렸는데
高門應爲子孫開(고문응위자손개)
– 높은 문은 아마도 자손을 위해 열렸겠지
年來易主無車馬(연래역주무거마)
– 여러 해부터 주인 바뀌고 사람의 왕래가 아주 끊겼으니
惟有行人避雨來(유유행인피우래)
– 오로지 나그네만 비를 피하려고 오는구나.

이곡은 고려 말 때의 학자이고 문신이라고 한다. 자(字)는 '중부'(仲父)이고 호(號)는 '가정'(稼亭)이다. 여기에서 '괴'(槐)를 '회화나무'로 볼 사람도 있겠으나, '음'(蔭)이라는 글자가 있기 때문에 나는 느티나무로 보았다. 어찌 회화나무가 느티나무의 그늘을 따를 수 있겠는가.

느티나무에 얽힌 재미있는 이야기도 있다. 널리 알려져 있는, '남

가일몽'(南柯一夢)이라는 고사성어에 대한 이야기이다. 이 이야기는 출전(出典)이 있다. 바로 '이공좌 남가기'(李公佐 南柯記)이다. 여기에서 '남가'란, '남쪽으로 뻗은 큰 가지'를 말하는데, 그 나무가 느티나무이다.

즉, 중국 당(唐)나라 덕종(德宗) 때의 일이라고 한다. 양자강(양쯔강) 하류의 강소성(장쑤 성)에 순우분(淳于棼)이라는 사람이 살았는데 그는 원래 협객(俠客)으로 한때는 장군의 부관을 지낸 적도 있으나 장군과 싸우고는 낙향하여 지내고 있었다. 그의 집 근처에는 큰 느티나무가 한 그루 있어서 그는 그 그늘 밑에서 친구들과 어울려 술을 마시는 게 커다란 즐거움이었다. 가을이 깊은 어느 날, 그는 두 친구와 함께 느티나무 그늘에서 술을 마시고 대취하여 그대로 잠들어 버렸다.

그런데 자줏빛 옷을 입은 사람이 그 앞에 나타나서 '괴안국왕(槐安國王)께서 모셔오라고 하십니다.'라고 말했다. 그는 깜짝 놀라서 옷을 여미고 그를 따라갔다. 가는 중에 둘러보니, 산천초목이 인간 세상과는 딴판이었다. 국왕은 그를 반갑게 맞고 그에게 벼슬도 내렸다.

그는 '남가군'(南柯郡)을 다스렸다. 20년이 흐르고 그는 대신(大臣)의 자리에까지 올랐는데, 그해 단라국(檀羅國)이 남가군을 공격했다. 그는 군사를 보내어서 막았으나 패하였고 그로 인하여 그는 그 나라에서 쫓겨나게 되었다. 그가 왕에게 '돌아가라고 하시니 어디로 가라는 말씀입니까?'라고 하니, 왕은 껄껄 웃으며 '그대는 본시 인간 세상의 사람인데 그대의 집이 어찌 여기 있겠는가.'라고 했다. 그는 다시 자줏빛 옷을 입은 사람을 따라 밖으로 나왔지만 정신이 없었다. 그때 자줏빛 옷을 입은 사람이 그의 이름을 크게 불렀다. 그 소리에 놀라 깨니, 그 모든 게 꿈이었다. 함께 술을 마신 두 친구는 손을 씻고 있었고 저녁 해도 아직 떨어지지 않았다. 순우분은 두 친구와 느티나무 가까이 가 보았다. 뿌리 근처에 개미의 굴이 있었고 개미들이 분주히 오갔다. 사방을 둘러보니 좀 떨어진 곳에 박달나무 한 그루도 서 있었다.

붉가시나무를 찾아서

(1) 기행에 대하여

8월로 들어서자 늦더위가 제법 기승을 부렸다. 그러나 우리가 다시 천연기념물을 만나러 가는 18일은, 숨이 막히는 무더위와 사나운 빗줄기가 오락가락하던 날씨를 벗어나서 소강상태(小康狀態)에 머물고 있었다. 날은 개었다. 떠나지 않으려고 마지막으로 기를 쓰는 더위를 느낄 수 있었으나, 나는 마음의 준비를 단단히 하고 약속 장소인 전철 1호선 제기역 1번 출구 앞에서 일행을 만났다.

이번의 행선지는 함평이다. 함평은 요즘 '나비 축제'로 유명한 곳이다. 그리고 우리가 만나야 할 나무는 함평의 붉가시나무 군락이다. 조금 더 정확하게 말하면, 천연기념물 제110호인 함평 붉가시나무 자생 북한지대이다. 붉가시나무는 주로 제주도와 남해안 일대에 분포한다. 그런데 훨씬 위의 육지인 함평 대동면 지역에서 자생지가 발견되었다. 그러므로 이 지역이 붉가시나무 북한계(北限界) 지역으로서 식물분포학적 보존가치가 크기 때문에 천연기념물로 지정되었다. 즉, 나무와 지역이 모두 천연기념물인 셈이다.

우리는 차를 달려서 함평으로 향했다. 마음을 굳게 먹으니 더위도 참을 만하였다. 그래도 무리를 하면 안 되겠기에 휴게소를 만나면 잠시 쉬면서 커피 한 잔씩을 나누었다. 그렇게 쉬엄쉬엄 5시간 만에 함평에 도착했다. 이번의 함평 탐방에서는 함평에 터를 잡고 있는 아동문학가 김철수 사백의 안내를 받기로 했다. 우리는 그곳에서 우선 그를 만났다.

김철수 사백은 교회 장로인데 널리 알려진 분이다. 최근에 미국 버락 오바마 대통령으로부터 국제봉사상을 받기도 했다. 이는, 사회 전반에 걸쳐서 자원봉사상 성격으로 인류를 위해 꾸준한 봉사를 해온 사람에게 주는 상이라고 한다. 그는, 지난 1989년 이후 지금까지 미국에 거주하고 있는 한인교포들과 교포 후대들을 위해 순회 문학강연회 등을 통하여 우리글과 우리말 보존과 사랑운동을 전개해 왔다. 그뿐만 아니라, 지난 22년 동안 중국에 거주하고 있는 재중동포사회를 60여 차례나 방문하면서 민족정체성을 일깨우며 우리글과 우리글을 지키고 보존하는 문화 봉사사업을 해왔다. 물론, 지금도 계속하고 있다. 그 외에 특기할 사항은, 독립군 청산리 전투의 영웅의 따님인 김강석 여사를 1996년부터 7년 동안 보살폈다는 사실이다. 김강석 여사는 2003년에 세상을 떠났는데, 그 후에 김강석 여사의 외손녀인 위연홍 씨와 증손녀인 김휘 씨에게 몇 년 동안 장학금을 지원해 왔다. 요즘은, '중국 현지의 동포 후대에게 지원하던 장학지원금'을 '미국이나 한국에 유학 나와 있는 동포 후대들의 지원'으로 방향을 돌리고 있다.

예전 같지 않아서 이제는 언제 어디에서든지 사람 만나기가 어렵지 않게 되었다. 그 모두가 휴대전화 덕택이다. 김철수 사백에게 전화를 걸어서 만날 장소를 정하고 곧바로 달려가니, 김철수 사백이 차를 대어 놓고 우리를 기다리고 있었다. 우리는 김 사백의 안내를 따라 기각리 붉가시나무 숲으로 차를 달렸다.

문화원인 듯싶은 건물 앞에서 차를 멈추었는데, 그 뒤에 울타리처럼 늘어서서 붉가시나무들이 자라고 있었다. 일반적으로 나무 높이는 8미터가 넘을 것 같았고 수관(樹冠, crown), 즉 '나무의 둥치를 뺀 가지와 잎 부분'의 폭이 4미터는 됨직하였다. 뒤쪽으로 돌아가 보았다. 어두컴컴한 밑쪽을 들여다보니 몇 그루에는 연리지(連理枝)가 형성되어 있었다. 이 은밀한 곳에서 이런 모양을 이루고 있다니! 아무리 나무라고 하여도, 남부끄러움을 알기 때문일까?

이 나무들은 원래 개인 소유의 집터 울타리 밖에 있는 비스듬한 둔덕에 자리 잡고 있었다고 한다. 그러나 군청 당국에서 그 집터를 사들인 다음에 잘 가꾸어 놓음으로써 지금은 천연기념물 자생 북한지대 보호지역으로서 손색이 없는 면모로 만들어 놓았다. 참으로 잘한 일이다. 이곳 붉가시나무들의 나이는 200살 정도라고 널리 알려져 있다.

우리나라에는 함평 기각리의 붉가시나무 자생 북한지대 외에도, 천연기념물로 지정된 자생 북한지대들이 더 있다. 그 하나가 천연기념물 제66호인 대청도(大靑島) 동백나무 자생 북한지이다. 어떻게 그곳까지 동백나무가 올라갈 수 있었을까? 그곳의 동백나무 자생지도 분포 한계선에 걸쳐 있기 때문에 학술적 가치가 높다. 우리나라에서 1962년 12월 3일을 기하여 천연기념물로 지정하였다.

그리고 다른 하나는 천연기념물 112호인 영광 불갑면의 참식나무 자생 북한지대이다. 이 참식나무 자생지는 영광군 불갑면 모악리로서 불갑사 뒤쪽 산허리에 자리 잡고 있다. 상록활엽수종인 참식나무는 제주도 울릉도 및 남쪽 해안의 낮은 곳에서 주로 자리를 잡고 있다. 난대 수종이다.

또 다른 하나는 천연기념물 제153호인 전라남도 장성군 북하면 낙수리에 있는 백양사 비자나무 분포 북한지대이다. 이 비자나무 지대는 백양사 소유라고 한다. 이곳 비자나무는 고려 고종 때에 각진국사(覺眞國師)가 심었다고 전해지는데 약 5,000그루쯤 된다고 한다. 그런가 하면, 천연기념물 제39호인 '전라남도 강진군 병영면 삼인리에 있는 400살 정도인 비자나무'가 있고, 천연기념물 제111호인 '전라남도 진도군 임회면 상만리에 있는 200살짜리 비자나무'가 있으며, 천연기념물 제287호인 '경상남도 사천시 곤양면 성내리에 있는 300살 정도인 비자나무'도 있다.

붉가시나무 자생 북한지대를 둘러보고 난 후에, 김철수 사백은 '상해임시정부청사를 재현해 놓은 곳'으로 우리를 안내했다. 임정 요인 중 함평 출신인 김철(金澈) 선생은 가산을 모두 처분하여 상해 임시정부의 재정으로 제공했다는데, 그의 공적을 기리기 위하여 그의 생가 터에 기념관과 동상을 세우고 임정 청사를 재현해 놓았다고 한다. 기념관 뒤쪽에는 김철 선생의 부인이 목을 매어서 자진한 노송 한 그루가 서 있었다. 남편 김철 선생이 오로지 독립운동에 전념할 수 있도록, 그 부인은 걸림돌이 되지 않으려고 스스로 목숨을 끊었다고 한다. 참으로 매운 마음이 아닐 수 없다. 우리는 경건한 마음으로 그 앞에서 옷깃을 여몄다.

(2) 붉가시나무와 가시나무에 대하여

붉가시나무(*Quercus acuta*)는 주로 남쪽 섬에서 자라는 늘푸른큰키나무이다. 난대림의 대표적 수종(樹種)의 하나로, 듬직한 나무 모양을 감상할 수 있다는 게 특징이다. 짙은 녹색을 나타낸다. 그러나 추위에 약하기에 산기슭과 계곡의 양지쪽에 자리를 잡는다. 키는

20미터까지 자라고 가슴높이 줄기지름이 70센티미터에 달한다.

나무줄기는 검은빛이 도는 짙은 밤색이다. 피목(皮目)은 뚜렷하지 않다. '피목'(lentcell)이란 '식물 줄기의 단단한 부분에 있는 작은 구멍'을 말하는데 '껍질눈'이라고도 한다. 어린 가지에는 갈색의 털이 촘촘하게 나 있다. 하지만 이듬해에는 없어지게 되고 피목이 많게 된다.

잎은 장타원형(長楕圓形)이다. '장타원형'(oblong)이란 '좁고 길게 된 공꼴'이란 말이다. 그리고 '호생'(互生)한다. '호생'(alternate)이란 '서로 어긋나게 돋는 것'을 이르는 말이다. 2센티미터 안팎의 잎자루가 있는데 털이 없다. 끝이 둥글고 가장자리가 밋밋하지만, 윗부분에 톱니가 약간 있기도 하고 앞면은 녹색이며 뒷면은 황록색이다. 어릴 때는 밤색의 고운 털로 덮여 있지만, 지나면서 차츰 없어진다. 약간 단단한 가죽질이다.

꽃은 5월에 핀다. 봄을 기다리는 꽃. 자웅일가(雌雄一家)이다. '자웅일가'(monoceious)란 '암꽃과 수꽃이 같은 식물체에 달리는 것'을 말한다. 수꽃 꽃차례는 새 가지의 아래에 돋는데 아래로 드리우며 밤빛의 털이 촘촘하게 나 있다. 수꽃은 6개의 화피(花被) 조각과 많은 수술이 있다. '화피'는 '꽃덮이'를 말하는데 '일반적으로 꽃부리와 꽃받침이 없는 경우에 둘을 일괄한 호칭'이다. 말하자면, 수술을 둘러싸서 보호하고 있는 부분이다. 암꽃 꽃차례는 새로운 가지의 위쪽 겨드랑이에 곧추 돋는데 길이 2센티미터 안팎의 꽃이 서너 개 달린다. 암꽃 꽃차례 역시 밤색의 털을 지닌다. 암꽃에는 3개의 암술머리가 있다.

붉가시나무도 참나무 종류이므로 각두(殼斗)가 달린다. '각두'란 '깍정이'를 이르는데 '밤나무나 떡갈나무 등의 열매를 싸고 있는,

술잔 모양의 받침'을 말한다. 붉가시나무의 깍정이는 반구형(半球形)으로 접시 모양이다. 가로무늬가 있고 밤색의 숨은 털이 촘촘하다. 견과(堅果)는 길이 2센티미터 정도이고 길둥근꼴이다. '견과'(nut)란, '껍질이 단단하고 깍정이에 싸여 있는 나무 열매'의 총칭'이다. 이를테면 밤이나 도토리 따위이다. 이듬해 가을에 익는다.

붉가시나무의 자람은 비교적 빠른 편이다. 어느 정도 물기를 지닌 깊고 기름진 땅을 좋아한다. 한 마디로 '양토'(壤土)를 좋아한다. '양토'란 '찰흙이 25~37.5% 들어 있는 흙'을 말한다. 공해에는 강하지만 추위에는 약하고 새로 싹이 트는 힘은 보통이다. 씨로 번식할 수 있고 옮겨심기가 쉽지 않으며 가지를 잘라서 다듬는 일도 가능하다.

붉가시나무 중에서도 '잎의 윗부분에 물결 모양의 톱니를 약간 보이는 종류'가 있다. 이렇게 조금 다른 특징의 나무를 '개붉가시나무'(for. subserra)라고 한다. 완도에서 만날 수 있다. 학명에 'For'가 붙어 있으니 품종을 나타낸다.

붉가시나무의 목재는 재질이 단단하고 보존성이 뛰어나다. 그렇기에 내구성이 필요한 가구나 선박 등을 만드는 데 많이 쓰인다. 그런데 이 목재가 붉은빛을 나타낸다. 그 때문에, 그 이름에 '붉'자가 붙었다고 한다. 말하자면 '붉은 빛의 가시나무'라는 말이다. 붉가시나무를 한자로는 '혈저'(血櫧)라고 쓴다. 여기에서 '혈'이란 목재가 피처럼 붉기 때문이라고 여겨지고 '저'는 '종가시나무'와 비슷하다는 뜻일 것 같다. 그렇다면 '가시나무'는 어떤 나무를 이르는 것인가.

참나무속(Quercus)에는 참나무아속(Lepidobalannus)과 가시나무아속(Cyclobalanopsis)이 있다. 이 두 속(屬) 중에서 가시나무아속에는 가시나무(*Quercus myrsinaefolia*)를 비롯한 여러 종류가 있고 이를 가리켜서 '가시나무류'라고 한다. 즉, 참나무속 중에서 갈잎인 나무들이 '참나무류'이고 늘푸른잎인 나무들이 '가시나무류'라고 보면 된다. 가시나무류는, 겨울에도 잎이 떨어지지 않고, 우리나라 남쪽 섬이나 해안지대에서 살고 있다. 제주도에서 살 때에 많이 만나 보았다. 일본과 중국에도 분포하고 있다.

두 종류의 참나무류는 잎뿐만 아니라, '열매'에서도 차이를 나타낸다. 가시나무류는 '참나무류'와는 달리, 그 '곡두'(cup)의 바깥 면이 윤층(輪層, concentric rings)으로 되어 있다. 정말로 그 깍지를 보면 몇 개의 반지를 낀 것 같은 층이 보인다.

가시나무류에는, 앞에서 소개한 가시나무를 비롯해서 '잎의 상반부에 5개가량의 톱니를 지닌' 종가시나무(*Q. glauca*)와 붉가시나무, 그리고 '잎의 뒤가 여인이 쓰는 분을 바른 것처럼 흰' 참가시나무(*Q. stenophylla*)와 '잎 뒤에 밤색 털을 지닌' 돌가시나무(*Q. gilva*) 및 '새로운 가지에 황갈색 털이 촘촘하게 돋고 잎자루에도 밤색 털이 돋은' 털가시나무(*Q. phillyraeoides*) 등이 있다. 이들을 중국에서는 어떤 이름으로 부를까? 앞에서 밝혔듯이 붉가시나무를 '혈저'(血櫧)라고 하며 돌가시나무를 '석저'(石櫧)라고 한다. 그리고 종가시나무는 '철주'(鐵椆)라고 한다. 원래 '저'(櫧)라는 글자는 '종가시나무'를 뜻하는데, 이상한 일이다.

'가시나무'는, 한명으로 '면저'(麵櫧) 또는 '가서목'(哥舒木)이라고 한단다. 그래서 '가서목'이 풀어져서 '가서나무'로 되었다가 그게 다시 '가시나무'로 되었다는 말이다. 정말 그럴까? 나는 처음에 '가시나무'라고 하여 날카로운 가시를 지니고 있는 나무인 줄로 알았다. 그런데 그게 아니었다. 가시나무에는 가시가 없다! 문헌을 찾아보니 '가시목'(加時木)이란 말이 나온다. 때를 더하는 나무? 그렇다. 이 나무가 바로 가시나무이다. '가시목'을 풀어서 '가시나무'로 불렀다고 한다. 같은 참나무 종류라고 하여도, 낙엽성은 때를 못 참으니 '減時木'이요, 상록성은 때를 참으니 '加時木'이라는 뜻이 아닐까? 그저 내 생각일 뿐이다. 이 '가시목'에 대한 언급은 판소리에서도 찾을 수 있다.

"정녕한 좋은 보패, 이 두 통에 있을 테니, 일락서산 덜 저물어, 한 힘써서 당기어라." 슬근슬근 거의 타니, 큼직한 쌍교 대체, 거금도(居金島) 가시목(加時木)을, 네모 접어 곱게 깎아, 생가죽으로 단단히 감아, 철정을 걸었는데, 박통 밖에 뾰조록, 놀보가 대희하여, "아무렴 그렇지. 아무리 박통 속이, 내외하기 좋다 한들, 천하백 그 얼굴이, 걸어올 리가 있나. 정녕한 쌍교 속에, 서시가 앉았으니, 쌍교째 모셔다가, 안채 대청에 놓을 테니, 휘장 칠 것 다시 없다."

　　　　　　　　－'신재효 판소리 여섯 바탕 중에서 홍보전' 일부

여기에서 보면 '거금도 가시목으로 큼직한 쌍교를 만든다.'라고 했다. 아름다운 여인이 타고 갈 쌍교를 가시목, 즉 가시나무로 만든다니 가시나무의 호강이 이만저만이 아니다. 가시나무가 때를 잘 만나면 이런 호사도 누릴 수 있다. 그러하니 사람이나 나무나 때를 잘 만나야 한다.

중용에 보면 다음과 같은 글이 나온다. '君子之中庸也, 君子而時中; 小人之中庸也, 小人而無忌憚也'(군자지중용야 군자이시중: 소인지중용야 소인이무기탄야). 여기에서 '시중'은 '때에 맞추어서 치우침이 없는 마음을 지킨다.'라는 뜻이다. 그런가 하면, 논어 첫 머리에는

'학이시습지 불역열호?'(學而時習之 不亦說乎?)라는 글도 나온다. 여기에서의 '시습지'는 '때에 맞추어서 익힌다.'라는 뜻이다. 익히는 데에도 '알맞은 때'가 있는 법이다. 또 노자 중에도 '동선시'(動善時)라는 글이 들어 있다. 이 또한 '움직임은 때가 좋아야 한다.'라고 풀이된다. 또 맹자 장구 하에는 '孔子 聖之時者也'(공자 성지시자야)라는 말이 보인다. 여기의 '시자'는 '그 때의 사정에 맞는 것'을 가리킨다. 그러니 '시'(時)를 얻는 게 얼마나 중요한가! 가시나무의 '가시'(加時)가 큰 깨달음을 전한다.

송악을 찾아서

(1) 기행에 대하여

얼마나 기다려 온 탐방일인가. 9월로 접어들고 8일이 되었다. 이번의 탐방은 고창 지역이다. 그리고 맨 처음에 만날 나무는 천연기념물 제367호인 '고창 삼인리 송악'이다. 우리는 전과 같이 전철 1호선 제기역 1번 출구 앞에서 당일 아침 9시에 만났다.

이번에는 안암골에서 함께 공부한 고촉(孤觸) 양민남(梁敏男) 형을 초청했다. 고촉 형은 그 유명한 보성고등학교 출신인데, 대학 재학 시절에는 고대 미식축구 선수로 이름을 날렸다. 사나이 중의 사나이로, 의리를 목숨처럼 여긴다. 지금은, 전국에 흩어져 있는 고대 농학과 61학번 학우들을 모아서 조직한 '삼목회'(參木會)를 묵묵히 이끌고 있다.

손을 꼽으며 기다려 온 날인데, 아침나절에는 비가 좀 내렸다. 하지만 우리들의 나무를 향한 마음을 그 무엇이 막을 수 있을 것인가. 차를 달려서 고창으로 향하는 중에 다행히 날씨는 활짝 개었다. 비가 온 뒤의 맑은 하늘이라니, 깨끗한 하늘이 한결 푸르게 다가온다. 게다가 하늘에는 뭉게구름까지 아름답게 떠 있다. 일행 중 자은(自隱) 형이 한시 한 구절을 읊었다. "春水 滿四澤이요, 夏雲 多

奇峯이라." 옳거니, 피어난 뭉게구름이 여러 봉우리를 내보인다.

차를 운전하는 지목(枝木) 형은 차분하다. 아무리 급해도, 돌아서서 가는 성품이다. 지금까지 서두르는 모습을 보지 못했다. 휴게소를 만나면 쉬며 천천히 차를 몰았다. '차 운전은 2시간마다 반드시 쉬어야 한다.'라는 규칙을 아주 잘 따른다. 길이 좀 막히기는 했지만, 그렇게 천천히 차를 몰아서 6시간 만에야 고창에 도착했다.

우리가 만나려는 송악은, 선운사로 들어가는 입구에 있다. 차를 몰고 선운사 쪽으로 갔다. 그리고 우리는 사진기를 챙긴 후에 차에서 내리기가 무섭게 송악이 있는 곳으로 향했다. 그 앞에는 냇물이 흐르고 있다. 왼쪽이다. 이 냇물을 건너는 다리가 보였고, 우리는 다리를 건너서 송악 앞으로 갔다. 아, 장관이다. 표고가 70미터는 되어 보이는 절벽을, 송악이 한 마리 크나큰 거미처럼 기운차게 기어오르고 있다. 그렇다. '거미 나무'(spider tree)! 비록 절벽 아래쪽에 뿌리를 내리고 있지만, 덩굴 줄기가 암벽을 따라 올라가고 있는 모습은 신기에 가깝다. 줄기는 아래에서 여러 갈래로 갈라지기 시작했는데, 어찌 보면 그물을 둘러쳐 놓은 듯도 하다. 위로 올라가면서 더욱 가는 가지들이 더욱 넓게 갈라져서 뭉게구름처럼 피어나 있다. 무성하게 돋아난 푸른 잎들이 아름다움을 더한다. 그야말로 한 폭의 멋진 그림이다.

여기의 이 송악이 천연기념물로 지정된 이유는, 이 나무가 오래묵은 노목(老木)이기도 하려니와, 육지로 보아서 그 분포가 북한(北限)에 가깝기 때문이라고 한다. 내가 보기에 이 송악은 나이가 수백 년은 되었을 성싶다. 또, 송악은 난대성 상록만목(常綠蔓木)이기 때문에 남쪽에서나 볼 수 있고 깊숙한 내륙에서는 보기 어려운 나무이다. 내가 듣기로, 경남 금산의 쌍홍문 근처에도 커다란 바위를 타고 오르는 노거수 송악이 있으며, 전남 강진의 금곡사 부근에도 바위를 안고 오르는 노거수 송악이 있다고 한다. 날을 잡아서 꼭 찾아가 보아야 하겠다.

(2) 송악에 대하여

송악(*Hedera rhombea*)은 두릅나뭇과(Araliaceae)의 상록만경목(常綠蔓莖木)이다. 학명 중에서 속명인 'Hedera'는 '유럽산(産) 송악의 라틴명'을 뜻하고 종소명인 'rhombea'는 '마름모꼴'을 뜻하는데 아마도 '잎의 모양'을 나타내는 게 아닌가 한다. 속명은 라틴어로 아이비(Ivy)라는 식물의 옛 이름이라고 한다. 학자들의 말에 따르면, '자리'나 '의자'라는 의미의 그리스어인 'hedera'에서 유래되었다고도 한다. 이 속의 식물은 흔하지 않은 듯싶다. 북아프리카나 서유럽 및 아시아를 통틀어 겨우 6종이 밝혀져 있으며, 우리나라에는 이 송악 하나뿐이라고 한다.

그러나 우리는 이 속의 식물을 흔하게 보아 왔다. 지금도 화원이나 꽃집 같은 곳엘 가면, 관엽식물로 가꾸고 있는 아이비(*Hedera helix*)를 쉽게 만날 수 있다. 이 아이비는 1월 21일을 기하여 탄생화의 자리를 차지하고 있다. 꽃말은 '우정' 또는 '성실'이라고 한다. 그리스 신화에 의하면, 술의 신인 '바쿠스'(Bacchus)가 아이비와 관계가 깊다고 한다. 알다시피, '바쿠스'는 제우스(Zeus)와 세멜레(Semeie) 사이의 아들이다. '바쿠스'를 '디오니소스'라고도 한다.

아이비는 많은 사람으로부터 사랑을 받는다. 그들은 '아이비'를 '처녀덩굴'이라고 부른다. 거기에는 다음과 같은 전설이 있다.

옛날 그리스에 '히스톤'이라고 부르는 아름다운 아가씨가 살았다. 그녀는 무엇보다도 부모님의 말씀에 잘 따랐다. 결혼할 나이가 될 때까지, 그녀는 한 번도 부모님 말씀을 어긴 적이 없었다. 그러하니, 결혼은 부모님이 정해 주는 대로 따르게 되었다. 얼굴 한 번 보지 못하고 한 남자와 약혼을 했다. 그런데 결혼식을 며칠 앞두고 전쟁이 일어났다.

약혼자는 '히스톤'을 남겨 둔 채로 전쟁터로 나갔다. '히스톤'은 전쟁이 끝나기만을 애타게 기다렸다. 마침내 전쟁이 끝나고 젊은 이들이 하나둘씩 고향으로 돌아왔다. 하지만 어찌 된 일인지, '히스톤'의 약혼자는 오지 않았다.

오랜 세월이 흐르고, 히스톤의 부모님은 모두 세상을 떠났다. 그래도 히스톤은 약혼자를 기다리고 있었다. 아직 죽었다는 말을 듣지 못했기 때문이었다. 주위의 젊은이들이 히스톤의 아름다움에 반하여 수없이 청혼했으나, 그녀는 아무도 거들떠보지 않았다. 그저 그녀는 약혼자를 기다리고 또 기다렸다.

히스톤의 기억 속에 약혼자의 모습은 '아버지와 함께 걸어가던 긴 그림자'뿐이었다. 기다림이 그렇듯 길었으니, 어찌 견디었겠는가. 히스톤은 하루하루 몸이 여위어 갔다. 어느 날, 그녀는 이웃 사람에게 "내가 죽으면 약혼자의 그림자가 지나간 자리에 묻어 달라."라는 유언을 남기고 세상을 떠났다. 사람들은 그의 말대로 그녀를 묻어 주었다. 그랬더니 그 자리에서 '아이비' 한 줄기가 돋아나서 자꾸만 높은 곳으로 올라갔다. 마치 약혼자가 어디쯤 오고 있는지 보려는 듯이 —. 그 후에 사람들은 그 '아이비'에게 '처녀덩굴'이라는 애칭을 붙여 주었다.

송악의 영명(英名)이 아이비(ivy)이다. 그래서 '유럽 송악'이라고 하며 'English Ivy'로 널리 알려져 있다. 아이비를 많은 사람이 좋아하는 이유가 있다. 아이비는 10대 공기정화 식물 중 하나로 꼽힌다. 아이비는 '새집증후군'(SHS)에 좋은 효과를 주는 식물이다. 그러니 유익하다. 아이비는 장판이나 건축자재에서 발생하는 유해물질인 포름알데히드(formaldehyde)를 제거한다. 아이비는 공기 중의 오염물질을 제거하는 능력이 아주 탁월하다고 하는데, 특히 '포름알데히드'를 제거하는 능력은 관엽식물 중 최고라고 한다. 그리고 생명력이 강해서 기르기 쉽다. 그렇다면 '송악'이라는 이름은 무슨 이유로 붙여졌을까? 어떤 사람은 이 '송악'이라는 이름이 한자로 이루어졌다고 한다. 즉, 송악은 한자로 '두릅나무 송'(楤) 자에 '흰 소'라는 '악'(犖) 자로 이루어져 있다고 한다. 물론, 송악은 앞에서 기술한 바와 같이 '두릅나뭇과' 식물이다. 그리고 '소'에 대한 언급도 어느 정도 이해가 간다. 그러나 '흰 소'라는 게 무슨 연관이 있을까. 아무리 생각해도 알 길이 없다. 그러니 마음에 착 안기지 않는다.

남쪽지방에서는, 이 송악의 잎을 소가 아주 잘 먹기 때문에 '소밥나무'라고 부른다. 그리고 나무나 바위 절벽을 잘 기어오르기 때문에 '담장나무'라고도 부른다. 옛날에는 남부지방에서 돌담이 무너지는 것을 막기 위해 이 '송악'을 심기도 했다고 한다. 그런데 이 '송악'은 소나무에도 잘 기어 올라가서 사는데, 그게 너무 심하면 소나무가 죽기도 한다. 그래서 '소나무(松)'에게 '악'한 일을 저지르기 때문에 '송악'인가? 답답하다. 그런 중에도 마음에 가는 게 하나 있다. '송악'을 가리켜 제주도 사투리로는 '소왁' 또는 '송왁'이라고 한다. '소밥'이 '소왁'으로 되고 '소왁'이 다시 '송악'으로 되었다면 그럴듯하다. '소가 잎을 잘 먹는 나무'라고 하여 '소왁낭'이라고도 불렀다니, 절로 고개가 끄덕거려진다. 북한에서는 송악을 '큰잎담

장나무'라고 부른다는 이야기도 들었다.

송악의 한자 이름으로는 '상춘등'(常春藤) 또는 '백각오공'(百脚蜈
蚣) 등이 많이 알려졌다. 송악이 등나무처럼 무엇엔가 기어오르기
를 잘할 뿐만 아니라 그 잎이 늘 푸르기 때문에 '상춘등'이다. 그리
고 송악이 수많은 부정기근(不定氣根)을 내어서 바위나 나무에 붙어
살므로 '백각오공'이다. '백각오공'이란 '발이 100개나 되는 지네'
라는 뜻인데, 그 흡착근(吸着根)이 마치 지네의 수많은 발처럼 보이
기도 한다. 보면 볼수록 더욱 그렇다.

'오공'이라는 말을 들으니, 불현듯 제주도 서귀포 살 때의 일이
생각난다. 특히 서귀포에는 '오공', 즉 '큰 지네'가 아주 흔하다. 오
일장으로 나가면, 지네를 잡아다가 팔기도 한다. 주워들은 이야기
인데, 단지 속에 닭의 다리를 넣고 땅에 묻어 놓으면 수많은 지네
가 그 안으로 들어간다고 한다. 물론, 지네는 약으로 쓴다.

한방에서 약재인 '지네'를 '오공'(蜈蚣)을 비롯하여 '천룡'(天龍)이
나 '백각'(百脚) 또는 '토충'(土蟲) 등으로 부른다. 발이 여럿이고 몸
빛이 어두워서 여인들은 소스라쳐 놀란다. 몸은 길쭉하고 등과 배
는 편편하다. 큰 지네의 길이는 15센티나 된다. 등 쪽은 검은빛을
띠는 녹색이고 배 부분은 황갈색이다. 각 마디에는 양옆으로 다리
들이 나 있다. 이른바 '보각'(步脚)이다. 그 다리는, 적게는 15쌍에
서 많게는 170쌍 정도나 된다고 한다. 참으로 놀라운 일이다. 다리
끝은 검은 게 많다. 그러나 세종대왕이 집대성한 〈향약집성방〉(鄕
藥集成方)에서는, "오공(蜈蚣)은 '왕지네'이다. 맛은 맵고 성질은 따뜻
하며 독이 있다. 뱀이나 벌레 또는 물고기 독을 푼다. 명치끝에 한
사(寒邪)나 열사(熱邪)가 몰려서 뭉쳤을 때 그것을 흩어지게 하고 나
쁜 피를 없앤다. 산골에서 나는데 머리와 발이 붉은 게 좋다."라고

상세히 기술되어 있다.

이왕 내친 바이니, 지네 이야기를 조금 더 하고자 한다. 그렇듯 지네는 무섭고 약도 된다. 그런데 문학 작품에는 어떤 모습으로 나타날까. 자못 궁금하다. 한시 한 편을 소개한다.

天有不測風雲(천유불측풍운)
- 하늘에 일어나는 바람과 구름은 예측하기 어렵고
人有旦夕禍福(인유단석화복)
- 사람에게는 아침과 저녁으로 화와 복이 따른다.
蜈蚣百足行不及蛇(오공백족행불급사)
- 지네는 다리가 1백 개나 되나 뱀보다 느리고
家鷄翼大飛不及鳥(가계익대비불급조)
- 집에서 기르는 닭은 날개는 크나 들새보다 못 난다.
馬有千里之程(마유천리지정)
- 말은 비록 천 리를 달릴 수 있으나
非人不能自往(비인불능자왕)
- 타고 달릴 사람이 없이는 스스로 달릴 수 없으며
人有凌雲之志(인유능운지지)
- 사람이 비록 구름 같은 뜻을 지녔어도
非運不能騰達(비운불능등달)
- 운이 닿지 않으면 구름처럼 오르지 못한다.

이는, 여몽정(呂蒙正)의 파요부(破窯賦)라는 한시이다. 여몽정은 송나라 때 사람인데, 어려서 부모를 잃고 어려운 시기를 보내다가 그 후에 과거에 급제하여 재상이 되었다. 강직하고 후덕하여 송나라 때 이름을 떨쳤다. 명재상으로 여러 가지 지혜로운 일화를 남겼다. 이 한시의 '파요부'라는 제목은, 어려운 시절을 보낸 어릴 때에 '사용하지 않는 깨진 와요'에서 잠을 잤기 때문에 붙이게 되었다고 한다. 그는 자신의 성공을 시(時)와 운(運)이 맞았기 때문이라고 했다.

그건 그렇고, 송악은 그 외에도 이름이 많다. 예컨대 '일화자제가본초'(日華子諸家本草)에서는 '용린벽려'(龍鱗薛荔)라고 하였으며, 보제방(普齊方)에서는 '첨엽벽려'(尖葉薛荔)라고 하였다. 그런가 하면 본초강목(本草綱目)에서는 '삼각풍'(三角風) 또는 '삼각첨'(三角尖)이라고 하였으며 '초약수책'(草藥手冊)에는 '찬시풍'(鑽矢風) 또는 '풍하이등'(楓荷梨藤)이라고 했다.

송악은 한 마디로 '상록활엽만목'(常綠闊葉蔓木)이다. 바위나 나무에 붙어서 길게 자란다. 이렇게 아무것에나 잘 붙을 수 있는 이유는, 그게 다 기근(氣根) 덕분이다. 이 '기근', 즉 '공기뿌리'(aerial root)는 '대기 중에 나와 있는 뿌리'를 말한다. 가지가 많이 날 뿐만 아니라, 연중 잎이 달려서 음습한 느낌을 준다. 어린 가지에는 노란빛의 '성상 인편'(星狀鱗片)이 있는데 잎에 있는 것은 곧 없어진다. '성상'은 '별 모양'을 이르고 '인편'(scale)은 '작고 얇은 비늘 모양의 조각 같은 구조'를 이른다.

잎은 호생(互生, 어긋나기)한다. 그러나 때로는 대생(對生, 서로 마주나기)하기도 한다. 가죽 같은 느낌을 준다. 아랫면은 '짙은 녹색'이다. 뻗어 가는 가지의 잎은 삼각형 비슷하고 갈라지지만, 늙은 가지의 잎은 난원형(卵圓形) 또는 광피침형(廣披針形)인데 갈라지지 않는다. '광피침형'이란 '좀 넓은 바소꼴'을 뜻한다. 잎자루는 2~5센티미터 정도이고 잎의 길이는 3~6센티미터 정도이다. 잎 가장자리에 톱니가 없다.

꽃은 양성(兩性)으로 10월에 핀다. 다시 말해서 양성화(兩性花, perfect flower)로 한 꽃에 수술과 암술이 다 갖추어져 있다. 취산화서(聚纖花序)이다. '취산화서'(cyme)란, '꽃대의 끝에 한 송이 꽃이 피고, 그 밑의 가지 끝에 다시 꽃이 피며, 거기에서 다시 가지가 갈라지고 끝에 꽃이 피는 꽃차례'를 이른다. 유한 꽃차례의 하나이다. 꽃대는 길고 꽃잎은 5개이다.

다음해의 5월경에 가서야 열매가 익는다. 익으면 검다. 제법 귀엽다. 둥근 모양인데 지름이 6~10밀리미터 정도이다. 열매가 제법 딱딱해서 팽나무 열매처럼 어린이들이 대나무총의 탄알로 넣고 쏘며 놀았다고도 전한다. 그러나 새의 좋은 먹이었을 터이다.

땅을 가리지 않고 아무 곳에서나 잘 자란다. 양지쪽이나 반쯤 응달진 곳에서도 아무 탈 없이 잘 산다. 자람은 느린 편이다. 봄에 삽목(揷木, 꺾꽂이)으로 번식을 시킨다. 실내에서는 어느 때나 삽목을 실시할 수 있다. 보통은 6월경에 해가림을 해주고 꺾꽂이를 한다. 삽수의 길이는 15센티미터가 적당하다. 뿌리로도 증식시키는데, '근접'(根接)은 초봄에 실시하는 게 좋다. 씨로도 묘목을 얻을 수 있다. 초봄에 익은 종자를 따서 직접 뿌린다. 그러면 그해에 발아한다. 또, 휘묻이로도 번식할 수 있다.

송악은 우리나라 남쪽에 주로 자리를 잡고 있지만, 바닷가를 따라서는 인천까지 분포한다. 그리고 동쪽으로는 울릉도까지 분포한다. 지리적으로는 일본과 대만 및 중국에 분포한다.

팽나무를 찾아서

(1) 기행에 대하여

이번의 기행은 날짜를 정하기가 쉽지 않았다. 우리의 가장 큰 명절인 추석이 끼어 있고 그에 따라 세 사람도 이런저런 일로 무척이나 바빴기 때문이었다. 겨우 10월 27일로 천연기념물 탐방 일정이 잡혔다. 이번의 탐방 행선지는 예천(醴泉) 지역이다. 우리는 전과 같이 전철 1호선 제기역 1번 출구 앞에서 당일 아침 9시에 만났다.

이번 탐방은 여건이 좋지 않아서 다른 사람을 초청하지는 않고, 단출하게 세 사람만이 떠나기로 했다. 가는 날이 장날이라고, 하필이면 이날에 비가 내렸다. 그러나 그게 무슨 대수냐? 우리는 전천후 탐방이다. 모처럼 세 사람이 만났다는 사실 하나만으로도, 우리는 마냥 마음이 즐거웠다. 고속도로로 들어서서 차를 달렸다. 그리고 휴게소에 들러서 점심을 먹은 후에 다시 얼마를 달린 후에 예천에 당도했다.

날이 궂으니 마음이 급했다. 먼저 예천 용문면 금남리에 있는, 천연기념물 400호인 '황목근'을 찾아서 차를 몰았다. 아, 저기 '황목근'이 보인다. 두 팔을 양옆으로 벌리고 서 있는 모습이었는데, 11월이 눈앞이라 그런지 수관 가운데 부분에는 잎이 많이 떨어져 있는 모습이었다. 척 보아서 '정수리 탈모'를 연상하게 한다. 그래도 멋진 모습이다. 대충 짐작하여 가슴높이의 줄기둘레가 3미터는 훨씬 넘을 듯싶고 키는 아무리 못 되어도 15미터는 넘을 성싶었다. 나이는 500살 정도로 추정된다고 한다.

'황목근'이란, 나무 종류의 이름이 아니다. 이 나무 자신만의 이름이다. 다시 말해서 '성'(姓)은 '황 씨'이고 '이름'이 '목근'이다. 왜 이런 이름이 지어지게 되었을까? 전하는 말에 따르면, '5월에 누런 꽃'을 피우기 때문에 '황'(黃)이라는 성을 정하고 '근본 있는 나무'라는 뜻으로 '목근'(木根)이라는 이름을 붙였다고 한다. 참으로 그 기지가 놀랍다. 그리고 이 나무에 이런 이름을 붙여야만 할 이유가 있었다고 한다. 언제인가 마을 사람들이 모여서 의논한 결과, 마을 공동재산인 이 마을의 땅 12,900제곱미터의 땅을 이 나무에 등기하기로 하였는데, 그때 토지대장에 올려야 할 나무 이름이 필요했기 때문이었다. 이로써 이 나무는 '황목근'이란 이름을 얻고 '넓은 토지'도 지니게 되었다.

그러므로 '황목근'은 그 이름일 뿐, 수종(樹種)을 나타내지는 않는다. 이 나무 수종은 느릅나뭇과에 속하는 '팽나무'이다. 황목근이 소유한 땅에서 나오는 소출로 좋은 일이 많이 이루어지고 있다. 즉, 그 땅에서 해마다 6가마씩 생산된 곡식을 팔아서 그 돈으로 정월대보름날과 백중날에 마을의 안녕을 비는 제사를 지내는가 하면, 잔치도 연다. 그뿐만 아니라, 마을 출신 학생들에게 장학금을 주기도 한다고 전한다. 황목근은 우리나라에서 가장 넓은 토지를 소유한 나무이다. 물론 토지 세금도 낸다. 이른바 '담세목'(擔稅木)이다. 그렇다면 황목근 외에도 토지를 소유한 나무가 또 있는가? 그렇다.

앞의 6월에 '속초 설악동 소나무'를 설명하면서 조금 언급한 적이 있는 '석송령'이 있다. 다시 설명하면, 이 소나무는 6600제곱미터의 땅을 소유하고 있다. 토지대장에 '석송령'이란 이름이 기재되어 있으며, 이 나무 또한 해마다 세금을 꼬박꼬박 내고 있다. 그런데 놀랍게도 이 나무 역시 예천 지역에 자리 잡고 있다. 지금으로부터 600년 전쯤에 큰 홍수가 났을 때, '석간천'(石澗川)을 따라서 떠내려 오던 '어린 소나무'를 한 나그네가 건져 올려서 지금의 자리에 심었고, 그 후에 이 마을의 이수목(李秀睦)이라는 사람이 이 나무를 신령스런 나무라고 여겨서 '석송령'(石松靈)이라는 이름을 지어 주었으며 자기 소유의 토지를 이 나무에 상속 등기하였다고 전한다. 그 이름에서 '석'은 '석간천'을 뜻하고 '송'은 '소나무'이고 '령'은 '신령스러움'을 뜻한다고 여겨진다.

두 나무 모두, 나이가 많을뿐더러 마을의 공동체 의식을 고취해 온 문화성과 나무를 인격화한 특이성 등을 높이 평가하여 천연기념물로 지정하게 되었다. '석송령'은 천연기념물 제294호로 지정되어 있다. 이 나무도 이곳 예천의 감천면 천향리에 자리 잡고 있다. 다음날에 우리는 이 석송령도 만나보았지만, 여기에서 그 상세한 이야기는 생략하기로 한다.

황목근 외에도 우리나라에는 천연기념물로 지정된 팽나무들이 있다. 그 하나는, 제주도에 있다. 제주도 성읍민속촌은, 표선에서 제1횡단도로로 이어지는 동부축산관광도로를 타고 20리쯤 가면 나타난다. 이 성읍 마을이 언제부터 있었는지는 아무도 모른다. 다만, 고려 충렬왕 때에 나이 많은 나무들이 우거져 있었다는 기록이 있다. 이 마을은 제주 고촌(古村)의 면모가 가장 잘 남아 있는 곳이다. 그 때문에 내가 좋아한다.

이 마을에 일관헌(日觀軒)이 있는데, 이곳은 정의 현감이 집무하던 청사로서 지금으로 말하면 군청에 해당하는 곳이다. 처음에는 정의현 치소(治所)가 성산면 고성리에 있었으나, 왜구의 침입이 잦았기 때문에 1423년에 이곳으로 옮겨졌다고 한다. 이 일관헌을 둘러싸고 팽나무가 있다. 내가 제주도 서귀포에 살던 당시(1980년대), 서낭당 주변 길가에는 모두 7그루의 팽나무가 있었다. 가장 큰 것은 그 높이가 32미터에 가슴높이 가슴둘레는 4.5미터나 되었다. 여기에는 이런 이야기가 전하고 있다.

'성읍리 팽나무는 워낙 나이가 많아서 속이 텅 비었는데, 그 속에 고인 물이 마을 사람들 눈병에 특효약으로 쓰인다. 또 마을 사람들은 이 나무에서 순이 먼저 나는 방향을 보고 점도 치곤 했다. 즉, 동서남북 중 제일 먼저 순이 돋기 시작하는 쪽의 동네에 풍년이 들게 된다. 그리고 나무 가운데에서부터 순이 돋기 시작하면 성읍리 전체에 풍년이 온다. 지난날, 이 마을이 현청(縣廳) 소재지였을 때 '김면수'라는 현감이 부임한 적이 있었다. 그에게는 두 아들과 딸 하나가 있었는데, 팽나무 가지 하나가 현청의 햇빛을 가린다고 하여 베어 버렸다. 그런데 그 동티로 딸이 죽고 말았다. 그 이후로 이 팽나무에 함부로 손을 대려는 사람이 없어지게 되었기에 지금의 큰 팽나무가 되었다.'

나는 10년 동안이나 제주도에 살면서 이 성읍민속촌은 모두 합하여 겨우 서너 번을 다녀왔다. 늙은 팽나무는 어찌나 가지가 굵고 넓게 뻗어 있는지, 가지가 부러질 것을 염려하여 쇠기둥으로 받치고 쇠줄로 묶어 놓았다. 이 팽나무는 1964년 1월 31일에 우리나라 천연기념물 제161호로 지정되었다.

그뿐만 아니라, 부산시 북구 구포1동에는 천연기념물 제309호인 팽나무가 있다. 나이는 500살 정도로 추산되는데 나무 높이 17미터에 가슴높이 줄기둘레는 5.5미터 정도이다. 그리고 고창 수동리에는 천연기념물 제494호인 팽나무가 있다. 이 나무의 나이는 400년쯤으로 추정되고 키가 12미터에 가슴높이 나무둘레는 6.5미터나 된다. 그런가 하면, 천연기념물 제310호로 지정되었던, 전남 무안 현경면의 팽나무는 2000년에 천연기념물에서 해제되었다.

(2) 팽나무에 대하여

팽나무(*Celtis sinensis*)는 느릅나뭇과(Ulmaceae)에 딸린 낙엽활엽교목(落葉闊葉喬木)이다. 학명 중에서 속명인 'celtis'는 '단맛이 있는 열매가 달리는 나무의 고대 희랍 이름에서 전용(轉用)'되었다고 한다. 그리고 종소명인 'sinensis'는 '중국의'라는 뜻이다.

팽나무는 줄기가 곧게 서고 많은 가지를 내보인다. 특히, 어린아이처럼 어린 가지에는 잔털이 촘촘하게 돋는다. 이 어찌 귀엽지 않겠는가. 나무껍질은 회색을 지닌다. 잎은 '호생'(互生), 즉 어긋난다. 생김새는 난형(卵形, 알꼴)이나 타원형(楕圓形, 길둥근꼴)이며 '첨두'(尖頭, 머리가 뾰족함)이고 예저(銳底, 밑이 둥글거나 넓음)이다. 왼쪽과 오른쪽이 같지 않은데(左右不同), 윗부분(上半部)에 톱니(鋸齒)가 있다. 잎이 달리는 쪽에서 발달하는 3개의 맥이 뚜렷한데 측맥(側脈)은 3~4쌍이다. 앞면에서는 내려앉고 뒷면에서는 튀어나온다. 잎자루(葉柄)는 짧으면 2밀리미터 가량이고 길면 12밀리미터 정도이다.

꽃은 5월에 잡성화가 핀다. '잡성화'(雜性花)란, '같은 나무에 양성화와 단성화가 다 피는 꽃'을 이른다. 그러니 암수한그루(雌雄同株)이다. 수꽃은 새 가지의 기부 잎겨드랑이(葉腋)에서 나온다. 취산꽃차례(聚繖花序)이다. 꽃자루(花柄)에는 가는 털이 있고 4개의 수술에 4개의 꽃덮이(花被)가 있으며 꽃 가운데 흰 솜털이 보인다. 암꽃은 햇가지 윗부분에 1~3개씩 달린다. 암술은 1개이고 암술대는 2개로 갈라져서 뒤로 젖혀진다.

열매는 10월에 등황색(橙黃色)으로 익는다. 더 자세히 말하면 '붉은빛이 도는 노랑'이다. 핵과(核果)이고 공처럼 둥글다. 단단한 핵의 겉에 주름진 무늬를 가진다. 크기는 지름이 6~8밀리미터쯤 될까? 조그만 구슬이다. 열매의 꼭지(果梗)는 8밀리미터 안팎이다. 입에 넣고 깨물면 약간 단맛이 난다. 그래서 내가 어릴 때에 팽나무 이 열매는 아주 좋은 간식거리였다. 먹을 게 귀하던 시절이었으니 이 열매는 우리들의 눈을 크게 뜨게 만들었다. 이 열매는 맛도 좋거니와, 가지고 놀기도 아주 좋았다. '팽총'이란 말을 들어보았는가? '팽총'은 '팽나무의 열매를 탄알로 삼아 쏘며 노는, 아이들의 장난감 총'을 이른다. 즉, 초여름에 작은 대나무 대롱을 마련하여 그 아래와 위의 구멍에 팽나무 열매를 한 알씩 밀어 넣고, 그곳에 대나무 꼬챙이를 꽂은 다음, 오른손으로 탁 치면 아래쪽의 팽나무 열매가 '팽' 소리를 내며 멀리 날아간다. 그래서 '팽총'이고, '팽나무'라는 이름도 생기게 되었다고 전한다.

나이가 많은 지금에도 이 팽총을 가지고 놀던 기억은 남아 있다. 어느 날이었는데 팽나무 열매를 본 순간, 나는 시상을 떠올리고 단숨에 다음과 같은 시조 한 수를 얻었다.

　귀엽구나 작은 열매 익으면 맛도 나지

군침 도니 불현듯이 어린 시절 달려와서
팽팽팽 대나무 팽총 다시 듣는 그 소리.
－졸시 '팽나무 열매를 보며'

그러나 어떤 이는 '팽나무'라는 이름이 중국에서 부르는 이름인
'팽목'(彭木)에서 왔다고 한다. 물론, 중국 사람들이 글자를 쓸 때는
이 '팽'(彭) 자 옆에 '나무'라는 뜻의 '목'(木) 부수(部首)를 붙인다. 중
국 사람들이 발음으로 'péng'이라고 했던 것 같다. 그 외로 볼 수
있는 한자명은, '가목'(榎木) '박수'(朴樹) '박수'(樸樹) '청단'(靑檀) '패
왕수'(霸王樹) 등이다. 이를 확인해 보려고 하였으나 확인이 잘되지
않았다.

팽나무 줄기 껍질은 회색이나 회흑색 빛깔을 나타낸다. 흑갈색이
라고도 한다. 한눈에 보아서 점잖다. 작은 껍질눈(皮目, 식물 줄기의
단단한 부분에 있는 구멍)이 많다.

나는 산책길에 자주 만나는 팽나무 친구가 있다. 서울 관악구 인
헌동에 위치한 서울시립과학관 경내에 자리 잡고 있다. 팽나무는
수평적으로 제주도로부터 함경북도에 이르기까지 각지에 분포되
어 있다고 널리 알려져 있다. 특히 여남이나 호남에 많이 난다고
한다. 수직적으로는 지역에 따라 차이가 있다. 즉, 남쪽에서는 해
발 900미터 이하, 중부에서는 해발 700미터 이하, 그리고 북부에
서는 해발 50미터 이하의 지대에 주로 분포한다고 기술되어 있다.
또, 지리적으로는 일본과 대만에도 분포하고, 중국에서는 황화 유
역 이남에 분포한다고 본다.

팽나무는 멋진 나무이다. 내가 보기에 사람으로 친다면 젊고 건
강한 '청년'이 해당할 터이다. 그래서 여러 전설을 지니고 있다. 그

중에 하나인 '등나무와 팽나무'의 애틋한 전설 하나를 여기에 소개하고자 한다. 나는 얼마 전에 천연기념물 제89호인 '경주 오류리의 등나무'를 만나보고 돌아왔다. 이곳의 등나무는 4그루의 등나무가 있는데 2그루씩 모여 있다. 그런데 묘하게도, 그 2그루의 등나무는 1그루의 팽나무를 휘감고 올라가서 얽히고설키어 있다. 여기에는 다음과 같은 전설이 전한다.

신라 어느 때였다. 이곳 이래마을에는 젊고 아름다운 자매가 살고 있었고, 이곳 윗마을에는 젊고 씩씩한 '청년' 한 사람이 살고 있었다. 언제부터인지는 모르지만, 자매 두 사람은 그 청년을 남몰래 사랑하게 되었다. 각기 마음속으로만 사랑을 간직하였을 뿐, 서로 마음을 터놓고 이야기한 적은 한 번도 없었다. 아니, 자기 혼자만 그 청년을 사랑한다고 생각했다.

그런데 갑자기 그 나라에 전쟁이 일어났다. 옆의 나라가 침략해 왔기 때문이었다. 나라에서는 청년들을 모두 모아서 전쟁터로 보냈다. 위의 마을에 사는 청년도 나라를 지키기 위하여 씩씩하게 전쟁터로 나갔다. 몇 년 동안, 치열한 전투가 계속되었다. 그러는 중에, 자매의 귀에 슬픈 소식이 전해졌다. 윗마을 청년이 전쟁터에서 씩씩하게 싸우다가 전사했다는 소식이었다. 그 소식을 들은 자매는 슬피 울었다. 그때에서야 그 자매는 둘이 똑같이 윗마을 청년을 사랑하고 있음을 알게 되었다. 자매는 서로 부둥켜안고 울었다. 어찌 이런 일이 있단 말인가! 너무 슬픈 나머지, 두 여인은 연못에 몸을 던지고 말았다.

그 후, 전쟁이 끝나고 났을 때, 죽었다던 윗마을 청년이 씩씩한 화랑의 모습으로 돌아왔다. 그는 돌아오고 나서 그 자매의 슬픈 이야기를 전해 들었다. 아, 가엾은 자매들이여! 나 한사람 때문에 두 여인이 목숨을 끊었다니! 그 청년은 두 여인의 넋을 위로하고 난 다음, 자신도 그 연못에 몸을 던지고 말았다. 얼마의 세월이 흐르고 난 뒤에, 그 연못가에는 자매를 닮은 두 그루의 등나무가 돋아나서 자라고, 그 옆에는 청년을 닮은 한 그루의 팽나무가 자라기 시작했다. 그런데 신기하게도 두 그루의 등나무가 한 그루의 팽나무를 껴안고 올라가서는 즐거움이 가득한 표정으로 우거졌다. 이를 보고 동네 사람들은, 두 그루의 등나무는 자매의 넋이 깃든 나무이고 한 그루의 팽나무는 그 청년의 넋이 깃든 나무라고 하여, 아주 소중히 보살폈다. 그 덕택에 지금은 천연기념물이 되었다고 전한다.

이렇듯 아름다운 전설이 생겨날 수 있듯이, 팽나무는 줄기와 잎 및 열매 등이 천부적(天賦的)으로 어떤 예술성(藝術性)을 지닌 것 같다. 특히 남쪽 지방에는, 그중에서도 다습한 해안지대와 도서 지역에는 팽나무의 거목이 많다. 자람이 늦은 반면, 여러 해(害)에 대하여 견딤이 높다. 즉, 내성(耐性)이 강한 편이다. 한 마디로, 팽나무는 '야취'(野趣)의 그 맛이 우러나는 우리나라 향토수종(鄕土樹種)이라고 말할 수 있다.

팽나무에도 여러 품종이 있다. 어린잎이 자주색(紫朱色)에서 자록색(紫綠色)으로 되는 '자주팽나무'(for. purpuracens)가 있고, 잎이 긴 타원형이고 잎자루의 길이가 15밀리미터 내외인 '섬팽나무'(for. magnifica)가 있으며, 잎이 둥근 둥근잎팽나무(for. rotundata)도 있다.

종(種)으로는, 열매가 검게 익는 '검팽나무'(C. choseniana)를 비롯하여 열매가 노랗게 익는 '노랑팽나무'(C. edulis)가 있고, 그런가 하

면 잎의 하반부에도 톱니(鋸齒)를 보이며 잎이 둥근 모습인 '장수팽
나무'(C. cordifolia)가 있다. 그 외에 '산팽나무'(C. aurantiaca)라든가
'왕팽나무'(C. koraiensis)라는 종류도 있다.

풍게나무(C. jessoensis)도 팽나무류인데, 잎의 하반부(下半部)에도
톱니가 있고 열매가 검게 익는다. 또 '좀풍게나무'(C. bungeana)도
있다. 열매가 자흑색으로 익는다. 팽나무나 풍게나무는 우리 주위
에서 흔히 만날 수 있는 나무이다.

향나무를 찾아서

(1) 기행에 대하여

11월도 거의 저물어 가는 11월 25일, 탐방 날을 며칠 앞두고 간 간이 눈발이 날리고 기온도 영하로 떨어져서 은근히 마음을 졸이게 했지만, 다행히 날씨가 조금 풀려서 탐방을 떠나기에 그리 나쁘지 않은 날씨였다. 이번의 탐방 행선지는 천안 지역이다.

우리는 전처럼 전철1호선 제기역 1번 출구 앞에서 만난 후에 경부고속도로를 타고 달려서 2시간 30분 만에 천안지역에 당도하였다. 우리 세 사람은 첫 탐방 목표를 천연기념물 제427호인 '성환읍 양령리(兩令里)의 향나무'로 정하고 다시 차를 몰았다. 정확한 소재지는 '충남 천안시 성환읍 양령리 394-9'이다. 2000년 12월 8일에 천연기념물로 지정되었다.

얼마를 달려가니 저 앞에 범상하지 않은 향나무 한 그루가 서 있다. 그 앞으로 달려갔다. 우리가 찾는 바로 그 향나무였다. 안내판에 그 설명이 씌어 있다. 척 보기에 나이가 꽤 많게 여겨진다. 그렇다. 자그마치 그 나이가 800살을 헤아린단다. 키는 8미터가 넘어보이고, 가슴높이 둘레도 3미터는 되어 보인다. 이처럼 큰 향나무는 만나기 어렵다.

그런데 터를 잘못 잡았다. 안성천 바로 옆 밭의 한 귀퉁이에 자리를 잡았는데, 바싹 붙어서 '비닐하우스'가 지어져 있고, 겨우 10여 평의 공간이 허락되어 있을 뿐이다. 나무도 자유롭지 못한 표정이고 보기에도 답답하다. 이 나무가 여기에 터를 잡은 까닭이 있다고 한다. 멀고 먼 옛날, 적어도 800년을 더 거슬러 올라가서 이 지역에 대홍수가 일어났을 때, 마을 사람이 개울을 따라 떠내려 온 '이 향나무'를 건져서 이 자리에 심었다고 한다. 그 후, 아이를 못 얻은 여인이 이 향나무에 치성을 드리고 아이를 얻었다고 하여 명성을 얻었고, 그로 하여 신령스러운 향나무라고 하여 매년 음력 정월 대보름날에는 온 마을 사람들이 향나무 앞에 모여서 마을의 평안을 바라는 제사를 지낸다고 한다.

생기기도 잘생겼고 이런 효험까지 지니고 있는 향나무니만큼, 부락 사람들이야 그렇다고 하더라도, 나라에서 그 인근의 땅을 사들여서 향나무가 사는 자리를 넓혀 주었으면 하는 바람이 있다. 다시 강조하거니와, 천연기념물은 우리나라의 살아 있는 보물이다.

우리나라에는 천연기념물로 지정된 향나무가 많은 편이다. 우리는 그중에서 몇 나무를 만나 보았다. 제일 처음 만난 향나무는 천연기념물 제194호인 '창덕궁의 향나무'였다. 때는 2월이었다. 1967년 3월 4일에 천연기념물로 지정되었다고 한다. 창덕궁 안에는 '사각단'(四角壇)이 있고 그 위에 서 있다. 알다시피, 창덕궁은 태종 4년인 1404년에 왕실의 별궁(別宮)으로 창건되었으며 정궁(正宮)인 경복궁의 동쪽에 자리 잡고 있다고 하여 '동궐'(東闕)이라고도 불렀다. 아무튼, 창건될 당시에 어느 정도 큰 나무를 옮겨다가 심은 게 바로 이 향나무라고 한다. 그러니 거의 700살은 되었다고 본다. 궁궐의 나무여서 그런지, 멀리에서 보기에 나무의 생김새가 엄숙하다. 그러나 다가가 보니, 가지가 동서남북으로 하나씩 뻗었는데, 남쪽 가지는 잘렸고 북쪽 가지는 말라 죽었다. 그리고 동쪽 가지는 괴로운 표정으로 구불구불 자랐다. 게다가 2010년 태풍에 가운데 가지도 타격을 받았다. 하지만 천만 다행으로 여전히 그 위엄은 잃지 않고 있었다.

그날, 우리는 선농단(先農壇)에 있는 향나무도 만나 보았다. 천연기념물 제240호인 선농단 향나무는, 서울 동대문 제기2동 274-1에 자리 잡고 있다. 1972년 7월 31일에 천연기념물로 지정되었다고 한다. 알고 있듯이, '선농단'은 농사법을 인간에게 전해 주었다는 신화적 사람인 '신농씨'(神農氏)와 '후직씨'(后稷氏)에게 선농제(先農祭)를 지냈던 곳이다. 예전에는 해마다 임금이 경칩 다음의 첫 번째 '돼지 날'(亥日)에 친히 나아가서 제사를 지내고 소를 몰아서 땅을 갈았다. 왕이 직접 나서는 행사이니, 그에 따른 사람들이 얼마나 많았겠는가. 그 사람들을 먹이기 위하여 장만한 게 '선농탕'(先農湯)인데, 그게 오늘날의 '설렁탕'이 되었다고 전한다. 어쨌든, 그 뻑적지근한 행사를 모두 지켜본 게 바로 이 향나무이다. 물론, 제사가 끝나면 제주(祭酒)로 쓴 막걸리를 이 나무 주변에 뿌려서 예(禮)를 표시했다고 한다. 이 향나무는 선농단을 만들 당시(1476년)에 심어 놓았다고 하니, 수령은 500살이 넘었다고 본다. 엄숙한 제사만 보고 자라서 그런지, 이 향나무는 곧고 우람한 자세를 지녔다. 키는 10미터는 훌쩍 넘을 것 같았고 가슴높이 줄기 둘레가 2미터는 넘을 것 같았다. 기품이 넉넉하다.

그다음으로, 우리는 천연기념물 제232호인 '양주 양지리 향나무'를 만났다. 1월이 저무는 1월 27일이었다. 이 나무의 자리는, '남양주시 오남읍 양지리 530번지'이다. 1970년 11월 5일에 천연기념물로 지정되었다. 이 향나무의 나이도 대략 500살 정도로 추산하고 있다. 키는 12미터는 될 성싶고 가슴높이 둘레도 4미터에 이를 것 같았다. '천안 양령리 향나무'와는 달리, 널찍한 벌판에 홀로 자리 잡고 있기에 보기에 우선 가슴이 넓게 열리는 듯싶었다. 이 나무는 땅 위로부터 2미터 되는 곳에서 줄기가 여러 개로 갈라지면서 우거진 수관을 이루고 있다.

이 향나무는, '거창 신(愼) 씨'의 선조를 모신 묘소를 가꾸면서 그 옆에 심었다고 한다. 그 후, 이 향나무 때문인지는 몰라도 그 가문에서 훌륭한 인재가 많이 배출되었다고 한다.

또 하나의 향나무를 만나 본 적이 있다. 때는 5월 17일이었고, 주소는 '경북 안동시 와룡면 주하리 634번지'였다. 부르기를 '안동 주하리 뚝향나무.' 천연기념물 제314호로, 1982년 11월 4일에 지정되었다. 뚝향나무는 향나무의 변종이다.

이 주하리의 뚝향나무는 조선 세종 때에 선산 부사(善山府使)를 지낸 이정(李禎)과 관계가 깊다고 한다. 즉, 그가 정주 판관(定州判官)으로 있을 당시, 평양북도 약산성(藥山城)의 축조를 끝내고 귀향할 때에 향나무 세 그루를 가지고 와서 그중 한 그루를 이곳에 심었다고 한다. 바로 그 향나무가 이 뚝향나무이니, 나무의 나이가 600살은 되었겠다. 이 내력이 '노송운첩'(老松韻帖)에 기재되어 있다고 한다. 이 나무는 땅 위의 1.3미터 지점에서 여러 갈래로 갈라져서 마치 우산을 펼쳐 놓은 듯하다. 그렇기에 키는 2미터가 조금 넘지만, 가슴높이 줄기둘레는 3미터가 넘을 것 같다. 그리고 가지퍼짐은 사방으로 12미터나 된다. 줄기와 가지 모양은 그 뚝심을 보여주는 듯 강인한 모습으로 꿈틀거린다. 나라의 귀한 나무이기에, 여러 개의 받침대로 넘어짐을 방지하고 있었다.

그다음으로는 천연기념물 제313호인 '청송 안덕면의 향나무'를 찾아보았다. 1982년 11월 4일에 천연기념물로 지정되었다. 소재지는 '경북 청송군 안덕면 장전리 산 18번지'이고, 때는 11월이었다. 안내판을 보니, '약 400년 전에 영양 남씨(英陽南氏)가 조상의 은덕을 기리기 위해 입향 시조인 남계조(南繼曹)의 묘 비각 왼쪽에 심어서 가꾸어 온 것'이라고 씌어 있다.

보기에 키는 7미터가 넘을 것 같고 가슴높이 줄기둘레는 갈라진 줄기를 합치면 5미터가 될 성싶다. 줄기의 기이한 모습도 그렇거니와 옆으로 넓게 퍼진 가지들도 보는 이로 하여금 경건한 마음을 지니게 한다. 그렇기에 문화적으로나 생물학적으로나 보존가치가 높게 평가된다.

나무를 찾아다니다가 보면, 천연기념물 후보 나무들도 더러 만나게 된다. 그중에 하나가 '경주 양동리 서백당 향나무'이다. 이 향나무는 지금 경상북도 지정문화재 제8호로 지정되어 있는데, 천연기념물로 지정된다고 하여도 손색이 없겠다. 잘 알다시피, 경주의 '양동마을'은 유네스코 세계문화유산으로 등재되었다. 그 마을 안의 월성 손 씨 종택(書百堂) 뜰에 자리 잡고 있다. 조선 초기 문신인 손소(孫昭 1433~1484)가 세조 2년(1456년)에 이 마을로 귀향하여 이 집을 지으면서 이 향나무를 심었다고 한다. 그러니 이 향나무의 나이는 600살이 가깝지 않겠는가? 땅 위의 1미터쯤 되는 곳에서 가지가 뻗어나서 아름다운 수형을 이루고 있다.

우리나라의 대표적인 향나무 자생지는 울릉군 서면 일대이다. 즉, 그 하나는 천연기념물 제48호인 통구미(通九味)의 향나무 자생지이다. 경상북도 울릉군 서면 남양리 산 70번지로 면적이 약 24000제곱미터에 이른다. 험준한 바닷가의 능선에 자리 잡고 있다. 그리고 다른 하나는 천연기념물 제49호인 대풍감(待風坎)의 향나무 자생지이다. 소재지는 경상북도 울릉군 서면 태하리 산 99번지이고 면적은 약 12000제곱미터 정도이다. 사람의 접근이 어려운 절벽 근처에 아슬아슬하게 살고 있다. 예전에는 가슴높이 줄기지름이 1미터나 되는 향나무들이 많았다고 하지만, 지금은 큰 나무는 보기 어렵고 바닷바람 탓으로 크게 자라지도 못하는 것 같다.

이 외에도 천연기념물로 지정된 향나무들이 있다. 우선 생각나는 대로 꼽아 보면, 천연기념물 제158호인 '울진 죽변리의 향나무'와 제312호인 '울진 화성리의 향나무'를 비롯하여 천연기념물 제321호인 '연기 봉산동의 향나무' 등이 있다. 하지만 아직 만나보지 않았으므로 여기에서는 언급을 생략하기로 한다.

(2) 향나무에 대하여

향나무(*Juniperus chinensis L*)는 측백나뭇과(Cupressaceae)에 딸린 상록침엽교목(常綠針葉喬木)이다. 이 향나무는 나이가 어릴 때는 '바늘잎'(針葉, acicular or needle leaf, 바늘 모양으로 된 잎)이지만, 나이가 좀 들어서 초등학교 들어갈 나이 정도로 철이라도 들게 되면 '비늘잎'(鱗葉, scale leaf, 비늘 조각 모양의 작은 잎)이 불어난다. 그리고 큰 나무로 되면서 거의 '비늘잎'으로 바뀐다. 그러나 나이 많은 나무라고 하여도 전부가 '비늘잎'은 아니고 힘차게 돋는 가지의 맹아(萌芽, a bud; a germ; a sprout, 새로 트는 싹)에서는 흔히 '바늘잎'이 나타난다. 그렇기에 향나무의 잎은 그 모양이 이형성(二型性)이라고 말할 수 있다. 1~2년생인 어린 가지는 녹색이고, 나이가 조금 들어서 3년생만 되어도 암갈색으로 된다.

'바늘잎'은 돌려나기(輪生, whorled, verticillate, 2개 이상이 한 마디에 돌려나는 것) 또는 마주나기(對生, opposite, 두 개가 한 마디에 서로 마주나는 것)를 한다. 그리고 잎차례(葉序, phyllotaxis)는 4~6줄로 배열된다. 그런가 하면 '비늘잎'은 마름모꼴(菱形, rhomboid)이고 끝이 둥글며 가장자리가 흰빛을 나타낸다.

향나무 중에서 유독 바늘잎을 많이 지닌 나무가 있기도 하다. 향나무는 좋은 나무이지만 이 바늘잎 때문에 가까이하기 어렵다. 향나무의 잎은 귀하게 쓰인다. 미국의 어느 인디언 종족은, 산모에게 이 향나무 잎으로 만든 차를 마시게 하는 풍속이 있다고 한다. 향나무 잎으로 만든 차를 마시면 긴장되었던 근육이 풀리고 통증도 많이 줄어든다고 한다. 그뿐만 아니라, 향나무 잎을 태울 때에 나오는 연기를 산모 몸에 쐬게 하면 회복에 도움이 된다고 한다. 그리고 신경통으로 고생할 때에도 향나무의 '잎을 태운 연기'로 쪄서 치료한다고 한다.

원칙적으로 향나무는 암수딴그루(雌雄異株, dioecism)이다. 왜 내가 이런 표현을 사용하느냐 하면, 드물게는 암수한그루(雌雄同株, monoecisms)일 때도 있기 때문이다. 다시 말해서 향나무는 암나무와 수나무의 구별이 있는 게 흔하나, 없을 때도 있다고 한다. 이는, 한 나무에 암꽃과 수꽃이 함께 달리는 경우가 있기 때문이다. 꽃은 4월에 핀다. 수꽃은 지난해 동안 자란 '가지의 끝' 쪽에 모여 난다. 3밀리미터쯤이나 될까? 길둥글게 생겼으며 붉은빛이 도는 갈색이다. 암꽃도 지난해의 가지 끝에 모여 난다. 수꽃보다 커서 1.5밀리미터쯤 되고 생김새는 둥글다. 자세히 보면, 바깥쪽에 4장의 턱잎 비늘(苞鱗, bract scale, 솔방울처럼 생긴 열매에서 배주가 달리지 않은 비늘조각)이 있다. 그리고 안쪽에는 연한 자줏빛의 서로 마주한 턱잎(苞,

bract)이 있다. 밑씨(胚珠, ovule)는 보통 4개이다.

열매는 '구과'(毬果, cone, 솔방울 모양을 한 열매)이다. 자흑색이며 '과린'(果鱗, 열매 겉면에 비늘 모양으로 된 우툴두툴한 부분)은 서로 붙어 있는 모습이다. 기부의 '포'(苞, bract, 꽃의 밑에 있는 작은 잎)는 6장이다. 열매는 2년 만인 이듬해 10월에 익는다. 한 열매에 보통은 3개의 씨가 들어 있다. 이 열매를 새가 즐겨 먹는다. 정말이지, 향나무의 씨는 그냥 땅에 떨어지면 잘 싹이 트지 않는다. 그러므로 파종을 할 때에는 임시로 묻는 것 등의 번잡한 절차가 따르는데, 그 일을 새가 대신해 준다. 즉, 새가 향나무 열매를 먹으면 위와 창자 속을 지나는 동안에 껍질은 소화되고 씨의 껍질이 강한 산성인 위액에 물렁물렁하게 되어서 싹이 트도록 만든다. 그리고 새가 먼 곳까지 날아가서 배설하므로 씨를 멀리 퍼뜨릴 수도 있다.

그러나 향나무라고 하면 향기로운 그 심재(心材, 나무줄기의 중심부인 단단한 부분)를 꼽을 수밖에 없다. 이 향기로 하여 그 이름을 얻었으니, 더 무슨 말이 필요하겠는가. 내가 어렸을 적만 해도, 이 심재를 연필 깎듯이 깎아서 그 조각으로 제사 때에 향을 피웠다. 제사를 지낼 때에는 반드시 향나무가 필요하다. 죽은 이의 혼을 이 향기로 불러야 하기 때문이다. 아마도 향내와 귀신은 관계가 있는 것 같다. 그리고 향내는 부정(不淨)을 없애고 정신을 맑게 함으로써 천지신명과 연결하는 통로로 생각하기도 했다. 향나무는 깎아서 사용할 뿐만 아니라, 나무를 가루로 만들어서 다른 향료와 섞어서 사용하기도 했다. 이 경우에 '연향'(練香)이라고 부른다.

그리고 '매향'(埋香)이라는 말을 들어 보았는가? 이는, '향나무를 땅에 묻는 것'을 뜻한다. 그렇다면 왜 향나무를 땅에 묻는 걸까? 그야 우수한 향료를 얻기 위해서이다. 예로부터 귀족이나 부유층 사람들이 '사기(邪氣)를 물리치고 몸의 양기를 도와준다고 하여' 침향(沈香)을 몸에 지니고 다녔다. 그러나 외국에서 수입하는 '침향'은 매우 비싸므로 일반대중은 사용할 수 없었다. 그래서 '몽골의 난' 이후, 우리나라에 매향제(埋香祭)가 생기게 되었다.

그러면 '매향'은 어떻게 하는가? 산골짜기의 냇물이 흘러가서 바닷물과 만나는 지점에 향나무를 잘라서 오랫동안 묻어 놓는다. '매향제'는 지금도 부안이나 강화도에서 사찰 의식으로 이루어지고 있다고 전한다. '매향'을 태우면 마치 숯이 타는 듯이 연기가 나지 않으면서 은은한 향기를 내뿜는다고 한다. 향나무를 바닷물에 오래 매장하면 품질이 딱딱해지고 무겁지만 발효되기 때문에 향기가 유순해지고 독성이 없어진다고 말한다.

'매향제'를 올렸다는 근거는 있는가? 있다. 1982년 8월에 전남 신안군 암태도에서 새로운 매향비를 발견하였는데, 이는, 도서 지방에서 발견된 유일한 예라고 한다. 당시만 하여도 고성 삼일포 (1309년), 사천(1387년), 해미(1427년)에서 발견된 매향비 정도만 알려진 상태였다고 한다. 그리고 암태도 매향비 발견 이후, 전라도 해안지역에서만도 대여섯 종의 매향비들을 추가로 발견할 수 있었다고 전한다. 향을 묻은 자리에 '매향비'를 세웠다.

이렇듯 향나무는 향기를 빼놓고는 이야기할 수 없다. 그러니 향나무로 지은 정자에 앉아서 책을 읽는다면 너무 큰 호사일까? 문득 한시 한 구절이 떠오른다.

名花傾國兩相歡 (명화경국양상환)
모란꽃과 경국 미인이 서로 반기는데
長得君王帶笑看 (장득군왕대소간)

임금님 시종 싱글벙글 바라보는구나.

解釋春風無恨恨 (해석춘풍무한한)

춘풍은 끝없는 원한 풀어 녹이는데

沈香亭北倚欄干 (심향정북의난간)

미인은 심향정 난간 잡고 기댄다.

이 시는, 그 이백(李白)의 '청평조사'(淸平調詞)라는 제목의 시 구절이다. 이 시의 구절 중에서 '심향정'(沈香亭)에 주목한다. 당나라의 궁궐 안에는 '흥경궁'이 있고 그 한복판에 연못이 있었다고 한다. 그 연못 옆에 향목(香木)으로 지은 정자가 있었는데, 이를 '심향정'이라고 불렀단다. 향나무의 한명(漢名)이 '香木'(향목)이다.

향나무의 한명은 여러 개다. '향목'(香木)을 비롯하여 '백전'(柏槇) '원백'(圓柏) '자백'(刺柏) '회'(檜) '붕송'(崩松) '보송'(寶松) '홍심백'(紅心柏) '홀목'(笏木) 등이다. 그러나 나는 한시 중에서 이 이름들을 아직까지 찾지 못했다. 다만, 다음과 같은 시를 한 문우로부터 얻었을 뿐이다.

靑煙漠漠鎖巑岏(청연막막쇄찬완)

– 푸른 연기는 높고 가파른 산을 감싸는데

松檜陰森路屈盤(송회음산로굴반)

– 소나무와 향나무 숲 속 길이 굽어졌구나.

試問招提藏底處(시문초제장저처)

– 묻노니 고요한 절은 어느 곳에 숨어 있는가.

一聲鍾落白雲端(일성종락백운단)

– 흰 구름 끝에 종소리 한 번 떨어진다.

이는, 강석덕(姜碩德 1395~ 1481)의 '소상강 8경 산수화 그림에 대하여 송나라 진송이 쓴 글씨를 대하고'라는 시 일부분이다. 이 사람은 조선 초기의 문신으로 본관이 진주(晋州)이고 자(字)는 '자명'(子明)이며 '호'는 '완역재'(玩易齋)이다.

이 시에서 둘째 행의 '송회'(松檜)가 문제인데, 나는 이를 '소나무와 향나무'로 풀었다. 그러나 많은 사람이 이 구절을 '소나무와 전나무'로 풀어 놓았다. 전나무의 한명(漢名)은 일반적으로 '종목'(樅木)이라고 한다. '회'(檜)는 '노송나무'라는 말인데, '노송나무'라는 이름을 가진 나무는 우리나라에 없다. 그러나 지방에서 향나무를 '노송나무'라고 부르곤 했다. 그래서 나는 과감하게 '회'(檜)를 '향나무'로 보았다.

향나무는 우리나라에서 수평적으로 흑산도에서 평안북도에 이르는 지역에 분포한다. 그리고 수직적으로는 해발 600미터 이하에서 볼 수 있다. 대체로 향나무는, 산록의 평평한 곳이라든가 마을 근처라든가 어느 정도 습기가 있고 비옥한 땅에서 잘 자란다. 예전에는 우물가에 이 향나무를 흔히 심었다. 향나무를 우물 옆에 심음으로써 물에 너무 강한 빛이 들지 않도록 하고 아울러 먼지나 티끌 등이 물에 들어가지 못하도록 하며, 그 뿌리가 힘차게 뻗어서 물을 거르는 역할까지 기대했다.

향나무류를 살펴보면, 눈향나무(*Juniperus chinensis var. sargentii*)가 있다. 이 나무는 학명에 'var'가 붙어 있으므로 향나무의 변종이다. 그 외에도 섬향나무(*J. chinensis var. procumbens*)나 옥향나무(*J. chinensis var. globosa*) 등이 모두 향나무의 변종이다. 그리고 천연기념물 제314호인 뚝향나무(*J. chinensis var. horizontalis*)도 역시 향나무

의 변종이다. 그러나 노간주나무(*J. rigida*)는 향나무와 속명은 같으나 종소명이 다르므로 향나무와는 비교적 가깝지만 전혀 다른 나무이다.

향나무는 정원수로서 사용하기에는 아주 훌륭하다. 그 멋과 품위를 지녔다. 하지만 정원에 향나무를 심을 때에는 조심하여야 할 게 있다. 그 근처에 배나무를 가꾸는 과수원이 있다면 아쉽겠지만 향나무는 심지 말아야 한다. 그 이유는 향나무가 적성병(赤星病)의 중간기주(中間寄株) 노릇을 하기 때문이다. 적성병은 특히 배나무에 큰 피해를 준다.

후박나무를 찾아서

(1) 기행에 대하여

우리는 12월 15일을 기하여 1박2일로 전북 부안지역의 천연기념물을 탐방하기로 했다. 며칠 전까지만 하여도, 눈이 많이 내리고 매서운 추위로 우리나라 모든 지역이 꽁꽁 얼어붙어 있었다. 그런데 천만 다행히도, 우리가 떠나는 15일은 날씨가 많이 풀려서 기온이 영상으로 올라갔다. 하늘도 우리가 하는 일을 기특하게 보시는가. 노자는, '천지불인'(天地不仁)이라는 말도 했건만---. 하늘을 올려다보니 절로 눈시울이 뜨거워진다.

우리는 전처럼 전철 1호선 제기역 1번 출구 앞에서 만난 다음, 한 친구가 몰고 온 봉고차에 몸을 싣고 부안으로 향했다. 우리 탐방은 날씨가 좋고 나쁨을 따지지 않고 결행하기로 이미 세 사람이 뜻을 모았기에 날씨가 풀리지 않았어도 탐방을 떠났을 게 분명하다. 그렇게 되었더라면 그 행로에 얼마나 어려움이 많았겠는가. '하늘은 스스로 돕는 자를 돕는다.'라는 말이 틀리지 않았음을 정말 알겠다.

얼마 전에 고창 지역을 다녀왔으므로 부안 지역은 비교적 쉽게 당도할 수 있다. 부안에 도착하여 천연기념물 제123호인 후박나무 군락지를 찾으려면, 먼저 부안지역의 명소인 '적벽강'을 찾아야 한다. 알다시피, 부안의 적벽강(赤壁江)은 바다 물결이 깎아낸 붉은 해안 단층의 절벽으로 중국의 송나라 사람인 소동파(蘇東坡)가 노닐었다는 그 '적벽강'과 닮았다고 하여 붙여진 이름이다.

우리가 찾아갈 '적벽강'은 전라북도 부안군 격포리에 있는 명승지인데, 전라북도 기념물 제29호로 지정되어 있다. 즉, 천연기념물 제123호인 후박나무 군락지가 있는 연안으로부터 용두산(龍頭山)을 돌아서 절벽과 바위로 펼쳐지는 해안선 약 2킬로미터를 일컬어서 '적벽강'이라고 부른다. 부지런히 적벽강 앞에 다다라서 그 절경을 바라보노라니, 문득 소동파의 '적벽부'(赤壁賦) 한 구절이 떠오른다.

壬戌之秋 七月旣望(임술지추 칠월기망)
- 임술면 가을인 음력 7월 열엿새 날에
蘇子與客 泛舟遊於赤壁之下(소자여객 범주유어적벽지하)
- 찾아온 손님과 함께 나 소동파는 배를 띄워 놓고 적벽 아래서
  노니는데
淸風徐來 水波不興(청풍서래 수파불흥)
- 맑은 바람은 천천히 살랑거리고 물결은 잔잔하더라.
擧酒屬客 誦明月之詩(거주촉객 송명월지시)
- 술잔을 들고 손님에게 술을 권하니, 그대는 시경 동풍장의 달
  밝은 시를 읊조리고
歌窈窕之章(가요조지장)
- 나는 시경의 관저장 사람의 노래 부르네.
少焉, 月出於東山之上(소언, 월출어동산지상)
- 이윽고 조금 있자, 동산에 달이 솟아올라서

徘徊於斗牛之間(배회어두우지간)

– 북두 견우 사이에 서성일 때에

白露橫江 水光接天(백로횡강 수광접천)

– 흰 이슬 물안개는 강에 비끼고 물빛은 하늘에 닿았구나.

　　　　　　　–〈소동파의 '앞 적벽부' 중에서〉

　한동안 우리는 그 아름다운 경치에 정신을 빼앗기고 있었다. 하지만 마냥 그리 있을 수만은 없었다. 우리의 목적지가 따로 있기 때문이었다. 뒤를 돌아서 바라보니 저쪽에 나무들이 둘러서 있는 모습이 보였다. 서둘러서 그곳으로 갔다.

　후박나무 군락은 바닷가의 비탈진 곳에 자리 잡고 있었다. 그 군락의 위쪽으로 작은 길이 나 있다. 다시 말해서 바닷가의 절벽처럼 만들어진 곳의 낮은 언덕에 줄을 지어서 서 있는데 그 길이는 200미터가 될까? 척 보아서 대략 100그루는 넘을 것 같았다. 자세한 설명을 보려고 여기저기를 찾았으나 표지판도 찾을 수 없었다. 그러다가 아래로 내려가니 그곳에 안내판과 설명문이 있었다. 나무들의 키는 6미터는 될 성싶었고 가슴높이 줄기지름은 25센티미터는 넘을 듯싶었다. 여기는 이미 일본 강점시기에도 천연기념물로 지정된 바 있다고 하는데, 그 당시의 기록에 의하면 후박나무 10그루가 있었고 키가 4미터에 이른다고 했다. 이 군락이 있는 곳을 예전에는 '죽막리'(竹幕里)라고 불렀다고 한다. 그리고 대나무 숲에는 사철나무와 송악이 살고 있다고도 했다.

　이 격포리의 후박나무 군락은 바닷가의 비탈진 곳에 늘어서 있기에 거센 바닷바람을 막음으로써 안쪽 지역을 사람으로부터 보호하는 역할을 하고 있다. 후박나무는 주로 영남 지방이나 호남지역에 분포하고 제주도 및 남쪽 도서 지방에서 쉽게 만날 수 있다. 지리적으로는 일본이나 대만이나 중국에 분포한다. 이를 보더라도, 부안 격포리의 후박나무는 너무 북쪽으로 와 있다고 여겨진다. 하지만 잘 자라고 있으니 이 지역이 후박나무가 살기에 그리 나쁘지는 않은 모양이다. 여기의 후박나무는 개인 소유로 되어 있다. 이로미루어서 자생한 후박나무는 아닐 것 같다. 아무튼, 이 후박나무 군락은 후박나무가 자랄 수 있는 가장 북쪽 지역이라고 하여 천연기념물로 지정되어 보호되고 있음은 확실한 일이다. 내가 알고 있기로, 천연기념물로 지정된 후박나무 군락지는 부안 격포리의 후박나무 군락지뿐이다.

그러나 우리나라에는 천연기념물로 지정된 후박나무가 현재 4곳이나 된다. 그 하나는 천연기념물 제212호인 진도 관매리의 후박나무이다. 이곳의 후박나무는 크고 늙은 후박나무로 나이는 알 수 없으나 그 키가 18미터나 된다. 가슴 높이 줄기 둘레도 3미터가 훌쩍 넘는다. 1968년 11월 20일에 천연기념물로 지정되었다. 또 하나는, 천연기념물 제344호로 지정된 경상남도 통영시 욕지면 연화리, 즉 우도(牛島)의 후박나무이다. 여기의 천연기념물로 지정된 대상 수목은 5그루의 생달나무와 1그루의 후박나무이다. 후박나무는 가장 큰 생달나무의 서쪽에 자리 잡고 있는데, 나이는 500살로 추정되고 있다. 키는 10미터에 이르고 가슴 높이 줄기 둘레가 4미터가 넘는다고 되어 있다. 그런가 하면, 이 지역의 추도(楸島)에는 천연기념물 제345호로 지정된 나이 많고 키 큰 후박나무가 있다. 이 나무의 나이도 500살로 추정되고 있으며 지상 1미터의 높이에서 줄기가 두 갈래로 갈라져 있다. 두 곳 모두 1984년 11월 19일에 천연기념물로 지정되었다.

그뿐만 아니라, 경상남도 남해군 창선군 대벽리에는 천연기념물 제299호인 왕후박나무가 자리 잡고 있다. 2011년 5월 25일, 나는 이 왕후박나무를 만났다.

이 왕후박나무는 창선면 대벽리 단항(丹項) 마을이 보이는 들판 한가운데에 떡 버티고 있다. 줄기 밑에서 11개로 갈라졌는데 그 모습이 커다란 우산을 펼친 듯 참으로 아름답다. 이 나무로부터 150미터쯤 계속 가면 넓은 바다가 펼쳐진다. 이 나무에는 다음과 같은 전설이 있다.

대략 500년 전으로 거슬러 올라가서 그 옛날 옛적에 이 마을에는 고기잡이로 생계를 이어가고 있는 노부부가 살았다. 어느 날, 그 부부는 바다에서 큰 물고기를 잡았는데, 그 뱃속을 가르니 나무의 씨가 하나 나왔다. 노부부는 신기한 일이라고 여기고는 그 텃밭에 소중히 심었다. 그 나무가 자라서 지금의 이 나무가 되었다고 한다.

나무의 몸집이 웅대하며 녹음이 짙고 광택이 있어서 신비로움을 지녔다. 물론, 마을 사람들은 해마다 이 나무에 당제(堂祭)를 지낸다고 한다. 특히 임진왜란 당시(1592년), 이순신 장군이 왜군을 물리치고 이 나무 밑에서 점심 후에 휴식을 했다고 한다. 이 왕후박나무는 1982년 11월 4일에 천연기념물로 지정되었다.

(2) 후박나무에 대하여

'후박나무'(*Machilus thunbergii*)는 '나무의 껍질이 두껍고 크다.'라고 하는 데에서 그 이름을 얻었다. 즉, '두껍다'라는 데에서 '후'(厚)를 얻었고, '크다'라는 데에서 '박'(朴)을 얻었다. 그 이름만 보아도

이 나무가 얼마나 후덕한 나무인지를 짐작할 수 있을 터이다. 중국에서도 '후박'(厚朴)이라는 이름을 사용하고, 영명으로는 'a kind of Machilus(persea)'라고 한다.

이 후박나무라고 하면 특기할 사항이 있다.

1936년 8월 26일에 울릉도에서 잡힌 흑비둘기 암컷 한 마리의 표본이 1938년에 처음으로 소개됨으로써 흑비둘기에 대한 소식이 세상에 널리 알려지게 되면서 이 흑비둘기와 후박나무는 밀접한 관계가 있음도 밝혀지게 되었다.

흑비둘기는, 일본과 우리나라의 바다에 있는, 크고 작은 여러 섬을 비롯하여 '필리핀' '중국' '대만' '만주' 등지에 분포하는 텃새이다. 그런데 일본에서는 동백나무에 서식하지만, 우리나라에서는 후박나무를 생활환경으로 하고 있으며 후박나무 열매를 즐겨 먹는다. 그러므로 우리나라에서 후박나무의 보호는 바로 흑비둘기의 보호로 직결된다고 말한다.

흑비둘기는, '몸빛은 검은빛을 띤 자줏빛 또는 녹색의 광택이 있고, 부리는 암청색이며 다리는 붉다.'라고 기술되어 있다. 날개 길이는 24센티미터 안팎이고 몸의 길이는 38센티미터 정도가 된다고 한다. 나무의 일정한 장소로 찾아오고 잠자리도 정해져 있다고 하며, 5~6월에 한 개의 알을 낳는다고도 한다. 울음소리는, '옷우우' '모오우' 또는 '구루구루우'라고 들린단다. 이 흑비둘기는 완도와 제주도 및 흑산도나 홍도 등에도 서식한다는 보고가 있다. 그곳 모두에 후박나무가 자리 잡고 있다. 생각만 해도, 멋진 일이다. 문득 시상이 떠오른다.

바다 주위를 맴돌며

사는 흑비둘기

날아도 답답한 가슴
거무스레한 자줏빛이나
녹색의 광택이 나는 몸
저 바닷물에 헹구려고

파도가 갈기를 세우는
섬을 떠나지 못하는가.

암청색 부리는 여위고
붉은 다리는 가늘어지게
누군가를 기다리는
나를 닮은 흑비둘기

황혼 든 후박나무 위로
날아가서 깃을 접는다.
─졸시 '흑비둘기'

　섬에는 많은 나무가 있건만, 왜 흑비둘기는 후박나무로 날아들어
서 보금자리를 만드는지에 대해서는 아직 알지 못한다. 다만, 흑비
둘기는 즙이 많은 후박나무 열매를 무척이나 좋아한다. 또 후박나
무는, 20미터에 이르는 '키가 큰 나무'여서 숨기에 좋고 안전하다.
　후박나무는 녹나뭇과(Lauraceae)의 늘푸른잎큰키나무이다. 나무
껍질은 회황색으로 어둡지 않으며 질긴 잎은 길둥근 모양으로 친

근감이 있다. 잎은 호생(互生, alternate, 서로 어긋나는)이다. 가죽질(革質)이고 광택을 지닌다. 잎자루는 2.5센티미터 정도이다. 어린잎은 잎 뒤의 위쪽에 갈색의 털이 밀생하며 톱니는 보이지 않는다. 더욱이 봄에 나는 새순은 단풍처럼 붉게 물이 들어 있어서 생동감이 있다. 오뉴월에 피는 황록색 양성화가 원뿔(圓錐) 꽃차례로 잎의 겨드랑이에서 피어나면 환한 불을 켠 것처럼 주위가 환해진다. 꽃차례는 길이 4~7센티미터 정도이고, 꽃턱잎(花苞 - 꽃대나 꽃자루의 밑을 받치고 있는 비늘 모양의 녹색 잎)은 퇴화하고 많은 양성화를 단다. 꽃잎은 6개이고 안쪽에 갈색 털이 있다. 수술은 12개인데 4개의 바퀴 같은 모양(輪狀)으로 배열하고, 암술은 1개로 3센티미터가 조금 넘는다. 열매는 7월에 암자색으로 익는데, 장과(漿果)이다. 지름이 10~13밀리미터쯤 되고 열매의 꼭지(果柄)는 1센티미터쯤 되고 굵다. 열매는 마치 흑진주처럼 반짝거린다. 원정형의 나무 모양이 아름답다. 즉, 수형이 웅대하고 가지가 굵게 발달하여 빽빽한 수관을 만든다. 그 때문에 해변에 심은 나무는 훌륭한 방풍림의 역할을 해낼 수 있다.

후박나무는 공해에 견디는 힘이 약하고 추위에 견디는 힘도 약하다. 그러나 동백나무보다는 조금 나은 편이다. 내염성은 좋고 옮겨 심기도 쉬운 편이며 생장 속도도 빠르다. 그러나 맹아력은 중간 정도이다.

앞에서 밝혔듯이, 후박나무는 대개가 영남과 호남 지방에 자리 잡고 제주도 및 남쪽 도서지방에서 쉽사리 만날 수 있다. 지리적으로는 일본과 대만 및 중국 등지에 분포한다고 알려졌다. 주로 해안을 따라 자라는 특성이 있다. 후박나무 중에도 변종이 있다. 잎의 폭이 넓은 변종이 있는데, 이를 '왕후박나무'(var. ovovata)라고 한다.

이 나무를 일명 '넓은잎후박나무'라고도 부른다. 이미 설명한, 우리나라 천연기념물 제299호인 경상남도 남해군 창선면의 왕후박나무는 이와 같은 후박나무 변종이다.

'후박'은 후박나무의 말린 껍질을 가리킨다. 관상(管狀) 또는 반쯤 관상을 이루고 두께는 5밀리미터에서 1센티미터 정도이다. 겉은 암갈색을 띠고 거칠며 껍질눈(皮目)이 생기고 회백색의 반점이 있다. 안은 암갈색을 보이고 평탄하며 견고한 질인데, 잘린 면은 갈색의 과립상이며 향기가 풍긴다. 성분은 정유(精油)가 대부분을 이룬다. 지니고 있는 주성분은 마그노롤(magnolol)을 비롯하여 마키올(machiol)이라든가 테트라히드로마그노롤(tetrahydromagnolol) 및 이소마그노롤(isomagnolol) 등이라고 하며, 점액질도 포함한다.

이 '후박'은 운동신경의 마비작용이 있어서 실험적으로 후박의 수용액을 피하에 주사하였을 때는 전신이완성 운동신경 마비를 일으키게 된다고 한다. 또, 순환계통에 작용하는 것을 실험하기 위하여 집토끼의 정맥에 주사하였을 때에는 혈압이 강하되지만 점차로 회복하는 것을 볼 수 있었다는 기록이 있다. 이는, 일시적인 혈압 강하로서 일부분이 '미주신경 흥분으로 인한 까닭'이라고 한다. 다시 말해서 심장에 대한 직접 작용으로서 내복하였을 때에 위장 점막의 흡수가 심히 완만하고 흡수된 후에는 즉시 신장으로 배설되어 해독된다는 이론이다. 그러므로 '후박'은 '유행성 감기' '이질' '해독' '이뇨' '근육통' '순환 장애' 등의 여러 가지 병에 유효하다고 알려지게 되었다.

그런데 헷갈리는 경우가 있다. 나무를 파는 곳에서 어쩌다가, 목련과에 딸린 갈잎큰키나무를 가리켜서 '후박나무'라고 하는 경우가 있다. 그 나무는, 일본에서 '호오노기'(朴の木)라고 부르는데 한자로

는 흔히 '厚朴'이라고 쓴다. 이를 우리나라에서는 '일본목련'이라고 부른다. 일본목련(*Magnolia obovata*)은 후박나무와는 아주 다른 나무이다. 후박나무는 상록수인데 일본목련은 낙엽수이고, 후박나무는 꽃이 작고 많지만 일본목련은 자그마치 30센티미터에 가까운 크기의 꽃을 피우는데 그 수효가 많지 않다.

일본목련의 열매는 좁고 긴 타원형(長楕圓形, oblong)으로 길이가 15센티미터 안팎이며 초가을에 적자색으로 익고 대과(袋果, follicle)가 벌어짐으로써 붉은 가종피(假種皮, aril)를 쓴 씨가 나온다. 이 나무는 일본 특산으로 세계 각국에서 관상용으로 재배하고 있다. 이 나무 역시 나무껍질은 약재로 쓰이고 재목은 기구나 조각 및 악기 등을 만드는 데 쓰인다.

저자 김재황(金載晃) 연보

1942년 출생. 초등학교에 다니기 전, 고향인 파주의 야동(野洞)에
　　　　살면서 산으로 혼자 돌아다님. 이 때 여러 나무와 친해짐.
1949년 서울에서 창신초등학교에 입학하였다가 종암초등학교로
　　　　전학. 그러나 2학년이 되었을 때, 6.25전쟁이 발발하여 아
　　　　버지를 따라 제주도로 가서 제주시 제남초등학교 3학년에
　　　　편입. 그 때도 수업이 끝나면 들로 산으로 나무를 만나러
　　　　다님.
1955년 서울로 돌아와서 은로초등학교를 졸업하고 선린중학교에
　　　　입학. 그러나 '상업' 쪽이 적성에 맞지 않는다는 생각을 하
　　　　고, 나무와 가깝게 지낼 수 있는 시골의 초등학교 선생님
　　　　이 되기를 희망함.
1958년 중학교를 졸업하고, 초등학교 선생님이 되기 위해 서울사
　　　　범고등학교에 입학시험을 치러 1차 필기시험에는 합격했
　　　　으나, 2차 실기시험은 자신이 없어서 포기함. 배재고등학
　　　　교에 입학. 이 당시에 많은 문학 서적을 탐독하였으며, 특
　　　　히 심훈의 '상록수'를 읽고 감동하여 그러한 삶을 살고자
　　　　함.
1961년 고등학교 졸업. 대학진학에 '국문학과'과 '농학과'를 놓고

고심하다가, 고려대학교 농학과로 진학. 이 때 고려대학교 교수로 있던 조지훈 시인을 스승으로 삼고, 문학의 꿈을 키움.

1965년 대학교를 졸업하면서 그 전까지의 이름인 김만웅(金滿雄)을 항렬자에 따라 김재황(金載晃)으로 바꾸어 부르게 됨. 병무청의 사무착오로 군대의 징집영장이 나오지 않게 되자, 훈련소로 가서 현지 입대함.

1967년 제대한 후, 시골에서 나무와 벗하며 살기 위해 경기도농촌진흥원에서 실시하는 농촌지도직 국가공무원 시험(4급 을류)을 치르고 농촌지도사가 됨. 포천군으로 첫 발령을 받고, 오지인 창수면과 청산면에서 업무를 담당하였음. 특히 청산면은 길이 험했으므로 자전거도 못 타고 걸어서 출장을 다님. 이 때 다시 나무들과 즐거운 시간을 많이 가짐.

1971년 집안 사정에 의해, 중앙일보사 농림직 간부사원으로 공채 시험을 통해서 전직함. 용인자연농원(현 에버랜드) 개발에 참가하여 과수분야의 기획을 담당함. 그러나 기회가 있을 적마다 현지파견을 희망하였고, 마침내 그 뜻이 받아들여져서 언양농장장 및 대구제일농장장의 직책을 맡게 됨. 두 농장에서 많은 나무들의 묘목을 길러 냈음.

1973년 시골에서 자유롭게 詩에 전념하기 위해 중앙일보사를 퇴직함. 농장을 마련하려고 동분서주하면서 시조를 공부하기 시작함.

1978년 대한불교신문 신춘문예에 응모하여 시조「해오라기」가 최종심에 오름. 제주도 서귀포로 내려가서 조그만 귤밭을 마련함. 이 귤밭에 잡감포를 조성하고 '네이블'을 비롯하여

'레몬' '하귤' '금감' '팔삭' 등의 30여 종을 수집하여 애지중지함. 또 집의 정원에는 '꽃치자나무' '비파나무' '동백나무' 등을 심어놓고 정을 나눔. 그리고 천지연의 '담팔수'와 서귀포 시청 앞마당의 '먼나무'를 자주 만나러 다님.

1983년 조선일보 신춘문예에 시조 「숲의 그 아침」이 최종심에 오름.

1985년 동아일보 신춘문예에 시조 「동학사에서」가 최종심에 오름.

1986년 시를 본격적으로 공부하기 위해 온 가족이 서울로 이사함. 집을 관악산 밑에 마련하고, 관악산의 나무들을 만나러 다니기 시작함.

1987년 월간문학 신인작품상에 시조 「서울의 밤」이 당선되어 문단에 데뷔함. 이 때부터 서울 시내의 나무들인 조계사 경내의 '회화나무'와 옛 창덕여고 교정의 '백송' 등과 우정을 나눔.

1989년 첫 시집 『거울 속의 천사』(반디) 출간. 또, 제주도에서 만난, 나무 이야기를 주로 기록한 산문집 『비 속에서 꽃 피는 꽃치자나무』(반디) 펴냄.

1990년 들꽃들을 노래한 시집 『바보여뀌』(반디) 펴냄.

1991년 산문집 『시와 만나는 77종 나무 이야기』(외길사) 펴냄. 첫 시조집 『내 숨결 네 가슴 스밀 때』(외길사) 펴냄. 여러 동식물학자들과 민통선지역을 다니며 생태조사를 실시함.

1992년 한국간행물윤리위원회로부터 청소년을 위한 「우리들의 책」에 『시와 만나는 77종 나무 이야기』가 선정됨.

1993년 시집 『민통선이여, 그 살아 있는 자연이여』(백상) 펴냄. 그리고 산문집 『시와 만나는 100종 들꽃 이야기』(외길사) 펴냄.

1994년 100종의 나무를 하나씩 작품화한 시조집『그대가 사는 숲』
(경원) 펴냄.

1995년 중학교 1학년 2학기 국어 교과서에 기행문「민통선 지역
탐방기」가 수록됨.

1997년 시집『못생긴 모과』(시와 산문) 펴냄

1998년 25명의 시인들에게 들꽃을 하나씩 증정한 평론집『들꽃과
시인』(서민사), 시와 시조 및 산문집『민통선 지역 탐방기』
(서민사) 펴냄. 그리고 150 종류의 화목과 화초에 대한 전
설을 정리한 산문집『꽃은 예뻐서 슬프다』(서민사) 및 시집
『치자꽃, 너를 만나러 간다』(서민사) 펴냄. 환경부로부터
'우수 환경도서'에『민통선 지역 탐방기』가 선정됨.

2001년 시조집『콩제비꽃 그 숨결이』(서민사) 펴냄. 관악산으로 소
나무와 참나무들을 자주 찾고, 우면산의 물박달나무를 만
나러 다님. 목시집(木詩集)『바람을 지휘한다』(신지성사)
펴냄.

2002년 시조집『국립공원기행』(도서출판 컴픽스)과 시조선집『내
사랑 녹색세상』(도서출판 컴픽스) 펴냄. 아들과 딸로부터
CD로 제작된 회갑기념문집『날개』를 증정 받음.

2003년 초시집(草詩集)『잡으면 못 놓는다』(문예촌) 펴냄. 주식회
사 '컴픽스'에서 후원하고 도서출판 '컴픽스'에서 제작한
감성언어집『나무』가『국립공원기행』과『내 사랑 녹색세상』
에 이어 3번째 비매품으로 출간됨.

2004년 동시조집『넙치와 가자미』(문예촌) 펴냄. 그리고 주식회사
'컴픽스'의 협찬으로 도서출판 '컴픽스'에서 4번째 녹색문

집인, 산문집『그 삶이 신비롭다』가 출간됨.

2005년 5월에 평론집『들에는 꽃, 내 가슴에는 詩』가 주식회사 '컴픽스'의 후원으로 도서출판 '컴픽스'에서 출간됨. 3인 사화집 '셋이서 걷다' 제1집을 펴냄. 8월 10일에 제1회 세계한민족문학상 대상 수상. 수상 기념으로 시조집『묵혀 놓은 가을엽서』(도서출판 코람데오)를 펴냄.

2006년 3인 사화집 '셋이서 걷다' 제2집 펴냄. 주식회사 컴픽스의 후원으로 도서출판 컴픽스에서 6번째 녹색문집으로, 시선집『너는 어찌 나에게로 와서』가 출간됨. 월간문학에 '시조월평' 집필.

2007년 3인 사화집 '셋이서 걷다' 제3집 펴냄. 인도의 '싯다르타'에 이어서 중국의 '콩쯔'(공자)에 대한 고전에 심취함.

2008년 인물전기인『봉쥬르, 나폴레옹』(도서출판 컴픽스)과『숫시인 싯다르타』(도서출판 상정) 펴냄. 3인 사화집 '셋이서 걷다' 제4집 펴냄.

2009년 3인 사화집 '셋이서 걷다' 제5집 펴냄. 시조집『서호납줄갱이를 찾아서』와 인물전기『씬쿠러, 콩쯔』를 도서출판 '상정'에서 펴냄.

2010년 산문집『노자, 그리고 나무 찾기』(도서출판 상정) 펴냄

2011년 3인 사화집 '셋이서 걷다' 제6집을 펴내고, 이어서 전국여행시조집『양구에서 서귀포까지』(도서출판 상정)를 펴냄.

2012년 3인 사화집 '셋이서 걷다' 제7집을 펴내고, 그와 함께 산문집『거슬러 벗 사귀다』(맹자 이야기)를 도서출판 '반디'를 통하여 펴냄. 대학 동문 셋이서 연초부터 매달 한두 번씩 전국의 천연기념물 나무들을 만나러 다니기 시작함. 제15

차 탐방을 끝냄.

2013년 천연기념물 나무 탐방 제16차부터 제20차까지 끝냄. 시
론집『시화(詩話)』를 도서출판 '그늘나무'에서 펴냄. '사서'
중 '중용'과 '대학'의 삼매에 빠짐. 동화『초록 모자 할아버
지』를 도서출판 '노란돼지'에서 그림 문고로 출간함. 3인
사화집 '셋이서 걷다' 제8집 펴냄.

2014년 고전탐구『녹시가 '대학'과 '중용'을 만나다』를 도서출판
'그늘나무'에서 펴냄. 동화『문주란 꽃이 필 때』를 도서출
판 '노란돼지'에서 그림 문고로 출간함.

초판인쇄 2014년 11월 05일   **초판발행** 2014년 11월 10일

지은이   **김재황**
펴낸이   **이혜숙**   펴낸곳   **신세림출판사**
등록일   **1991년 12월 24일 제2-1298호**

100-015 서울특별시 중구 충무로5가 19-9 부성B/D 702호
전화 **02-2264-1972**   팩스 **02-2264-1973**
E-mail : shinselim72@hanmail.net

정가   **15,000원**

ISBN   **978-89-5800-147-8, 03810**